青舟物语

［日］山本周五郎 —— 著

姚奕崴 —— 译

古吴轩出版社

采了海苔归来的啪咔舟

采海苔的场景

昭和初年，浦安是东京湾最大的海苔、贝类产地。

海苔养殖场

在浅海，用竹子做成柱子，撑起海苔网，养殖海苔。

船宿千本的原型吉野屋

　　山本周五郎曾在图中吉野屋的二楼居住过。小说中登场的少年小长的原型是这家吉野屋主人的儿子长太郎。

千本原型吉野屋的近景

《买"青舟"的故事》中出现的"三棵松"

　　小说中主人公蒸汽河岸先生从芳老头处买下青舟时,出现了"三棵松"一词。不过浦安本身只有一棵松树,浦安人称其为"大松",松树下整齐排列着数艘啪咔舟。

松树近景

《白色的人们》中登场的贝壳粉加工厂

浦安市有数家贝壳粉加工厂，也许这家是山本周五郎小说中的原型。

小镇中心流淌的境川

境川（利根川水系的分流）中停靠着非常多的啪咔舟，渔民们正在休息。

境川中的啪咔舟

昭和三十三年（1958）夏天，渔民出去打鱼的场景。

目 录

前　言

浦粕町是根户川最下游的一座渔村，以贝类、紫菜和钓场闻名。町并不大，但不同于其他町，这里有贝类罐头加工厂，煅烧贝壳制造石灰的工厂，冬去春来不计其数的紫菜晾晒场以及招待钓鱼客的钓鱼船家和数量众多的被称作红火屋的小饭馆，这让浦粕町看上去别有一番景致。

町茕茕孑立。北面是水旱田，东面是海，西面是根户川，南面则是一片被称作"冲之百万坪①"的广阔荒地，荒地的尽头依然是海。交通工具有公共汽车和蒸汽船，不过人们大多是乘船，有两家被称为"通船"的航运公司，一家的船体涂成白色，另一家则涂成蓝色。他们进泊出航的地方叫作"蒸汽河岸"，其中两座并排的栈桥桥头，分别是两家公司的售票处。

一条运河贯穿整座町，连通了西侧的根户川和东侧的大海。蒸汽河岸和这条运河沿线，聚集着钓鱼船家、西式餐馆、"红火屋"、地方银行的分理处、三级邮局、派出所、消防站——其实只不过是一座装配有老式手压水泵的车库，以及町公所等建筑，

---

① 坪是日本土地面积计量单位，1坪约合3.3平方米。

而在这些建筑的背面，是杂乱无章地挤在一起的大杂院，当地人称之为"破烂小屋"，里面住着贫穷的渔民、制作用于采集贝类的长柄竹笼子的篾匠以及那些干一天算一天、连划船的技术都没有、除了卖力气别无所长的苦力们。

町的中心区域叫作"堀南"，坐落着名叫四丁目的西式餐馆、名叫"浦粕亭"的曲艺场子、各类杂货店、理发店、澡堂子、名叫"山口屋"的专门招待町上老爷们的饭店，以及一家挨着一家、在其他乡镇同样随处可见的旅馆和小商铺。中部以南仍不过是一片红火屋，还有一间戏园子，以及一块偶尔会搭临时剧场的空地。

这些事物哪怕记录得再详细，也无法展示浦粕町的全貌。而我也断然没有这般打算，只是介绍一下这篇小小不言的物语里的出场人物和故事背景，权且当作储备知识罢了。

方才写到这座町的南面是一片被称为"冲之百万坪"的广阔空地。我缺乏目测能力，无法准确说出其大小，但其广袤程度的确名副其实。除了少许旱田夹杂着数块水田，这里大部分地方被芦苇茂密、杂草丛生的荒地以及湿地、沼池所占据，根户川的引水渠从荒地上那些"从一分叉到四分叉"、纵横交错的河汊当中穿流而过。鲫鱼、鲤鱼、雅罗鱼和鲇鱼在这些河汊、沼泽和池塘里大量繁殖，让这一带成为热爱岸钓之人视为宝地的好去处。沼泽、池塘和芦苇荡里还栖息着水獭、黄鼠狼，动辄吓人一跳，或是瞅准空子，随时准备迷惑那些对大事小情都轻易信以为真的淳朴居民。

在这座町，有时东西方的地平线上会同时升起两个太阳，假使这时不马上把脸扭向一旁，就会大祸临头，如果望着两个太阳感慨"好奇怪啊"，就会变成"海边的呆瓜"，此时旁边还会传来水獭或黄鼠狼的笑声。黄鼠狼尤其喜欢作弄人，有人正在路上走着，它突然蹿到人的面前，立起身子像在指挥交通似的，抬起右前爪向右示意，或是用左前爪向左比画，这时必须要掉头走开。相传，一旦被它拐走，必定会跌进池塘或水渠，更有甚者还会坠入根户川。

每每从百万坪眺望浦粕町，都感觉它是那样渺小且无所依凭，就像苍茫旷野上扁平、稠密、团簇一处而正在衰败的部落。除了贝类罐头工厂烟囱中袅袅升起的轻烟，以及包裹着石灰工厂、不停舞动飞升的白烟之外，万物沉寂，阒然无声。难以置信，竟然有人在那里生活。

我被这座町里的人称作"蒸汽河岸先生"，孤身一人，在这里前前后后约莫居住了三年的时间。

买 "青舟" 的故事

　　初遇 "芳老头" 是在东边的海边小屋。那会儿是冬天，海边小屋已经拆除，只剩一半朽烂的茅草屋顶，还有一把残破不堪、木板钉成的矮凳。运河由西至东从町中贯穿而过，在东边流入大海，当地人就把河流入海口一带笼统地叫作 "东边"。

　　我凝望着大海。坐凳的钉子松动了，似乎如果不用脚牢牢撑住，随时都有可能散架。时值落潮，海滩平浅，裸露出并不美观的滩涂。运河流水潺潺，浑浊呈土黄色。突然，坐凳猛地一晃，我大吃一惊，支撑着的脚一使劲，头不由得扭向了后面。只见一个老头紧贴着在我身后坐下，从腰间抽出一个老式烟袋子，神情似乎是没有看到我的存在。我小心用脚撑住凳子，不敢松劲，重新把目光投向大海。

　　"俺以为这儿很早以前就盖好了呢！" 老头说道，音量之大好像是在和一百米开外的人说话，"俺以为盖了什么，结果没有啊！"

　　我没开腔。心想，虽然只看见老头一个人，可说不定他还有同伴。然而并没有人回答，老头叮叮咣咣地敲了敲烟管，接着抽起了第二管烟。烟管里堵着烟油子，就像哮喘患者的喉咙，发出吭吭唏唏的嘶鸣声。

"很早以前的事啦,那会儿弹棉花那家的小露老板娘还没嫁过来呢!"老头大声说道。而后沉默片刻,敲敲烟管,又抽起了第三管,接着他高声吼道:"啥也没盖起来啊!"

我始终一言未发。

第二次见面是在百万坪。当时是春天,狂风大作。我正沿着"两分叉"河边的路向海滨的弁天神社走着。在没有分毫情趣、除了大还是大的荒地的几乎正中央,立着一座规模很小、无人问津且几近坍塌的老旧神社,神社外围一圈是六七棵古老的松树。曾听闻不知是什么时候,弁天女神风靡一时,尤其是引来各地烟花柳巷的女性们成群结队地祭拜。当地人也不知道曾经有过什么灵验的事情,他们只知道当时稀里糊涂地跟风前去参拜的人络绎不绝,神社之中人声鼎沸,恍如另一个世界。这些事连孩子们都耳熟能详。

我正向着海滨的弁天神社走着,强劲的风夹带着潮水的腥咸扑面而来,这时身后忽然有人大声喊我,吓得我一激灵,赶忙回头。老头就站在我身后,穿着一件洗晒得已经褪色的藏青色短上衣,东一块西一块都是补丁,下身是一条混棉的窄筒裤,脸上裹着鼠灰色的手巾。这是当地渔民们的常见打扮,只不过这个季节一般已经不穿棉裤了。

"你买船吗?"老头和我并排走着,吼道,"忘带烟了,你带了吗?"

我递过烟,又把火柴递给他。老头抽出一根烟叼在嘴里,娴熟地背着风点着了火，顺手把烟和火柴盒收进自己兜里。

"有条船不赖！"老头放开嗓门，就像是在和前方两百米的那棵一脸世故的松树说话，"那船不赖，价钱也便宜，买不买？"

我回答了他。我的回答好像在老头意料之中，他没有任何反应，在地上摁灭了烟，把剩下的烟夹在耳朵上，然后擤了把鼻涕。

"你，"又走了片刻，老头用正常人的音量问道，"到浦粕这里干吗来了？"

我想了想，回答了他。

"哦。"老头摇摇头，接着又用之前那种大嗓门吆喝道，"俺还不知道你有没有工作嘞！"

我回答之后，老头稍稍琢磨了一下。

"也就是失业喽！"老头吼道，"想没想过讨个老婆？"

我没吭声。分开时我请老头还回我的火柴，老头突然耳背了，再三问我刚才说了什么，在他的追问之下我不觉自惭形秽，仿佛自己变成了一个无情的吝啬鬼。

第三次相遇是在根户川亭。这是蒸汽河岸的一家西式餐馆，进门没有铺地板的土地房间是食堂，再往里是铺着席子的房间，入夜后，蒸汽船（以前叫作"通船"）的船员和渔民们常常在这里喝得酩酊大醉，鼓噪喧哗一番。一天中午，我正坐在食堂摇摇晃晃的椅子上，就着一瓶啤酒吃炸肉排饭，这时，老头走过来坐到了我桌子对面的椅子上。

我但凡在外面吃饭，必须要边吃边读点什么，不然内心很难平静，直到现在还有这个癖好。那个时候也不例外，我正在读一本名叫《蓝书》的书，因为老头坐到了那儿，所以我更是摆出一副读得起劲的样子，咬一口炸猪排嘬一口啤酒，视线半点都没有离开过书本。

老板娘走进餐厅，招呼道："芳老爷子要点些什么？"

"唔，"老头答道，"老太婆不在家，就想着来这边吃点儿啥。唔，让俺想想点啥。"

"您想的那些美味佳肴我家店可做不出来。"

而后老头一边瞧着我——这我当然知道，自打老头坐到那儿，他就一直盯着我——一边又用那种震耳欲聋的音量吼叫起来。

"给俺来一杯啤酒！"

"一杯啤酒？"老板娘说道，"头一回听说这么点啤酒的，您是不是和烧酒弄混了？"

"东京那边的啤酒就可以论杯卖。"

"您说的那是啤酒馆。"

"不对不对，也卖炸猪排和咖喱饭，和西餐馆没啥区别。"

"论杯卖的那是生啤，买来的时候是一桶，所以才可以一杯一杯卖，瓶装酒一旦开瓶剩下的就只能用来供奉观世音菩萨，怎么可能只卖一杯。"

"剩下的就算供奉观世音菩萨那也是丢了芝麻捡西瓜，吃小亏占了大便宜。"老头大声叫嚷起来。

我知道自己已经被绑了个结结实实，塞进了圈套。我把还剩三分之一左右的啤酒瓶放到老头面前，说了我不得不说的话。

"您说的有道理……"

我还没把话说完，老头已经冲着老板娘吼道："杯子！"

而后看看我："身上有烟没？"

我回答后，老头说道："什么？可我现在就想来一支啊！"

我从钓船民宿千本家的三儿子小长那里听说了老头的事。只要是这个地方的事，就没有篾匠家的小玉和千本家的小长不知道的，小玉和小长都在上小学三年级。据说老头名叫"芳"，夫妻两人，膝下无子，住在三棵松的后面，给大蝶看仓库。大蝶经营着这座町里最大的贝类罐头工厂，有一条名叫"大蝶丸"的船，用来在海边收购渔民们采集的贝壳。

听到我的疑问，小长使劲摇摇头。

"不是不是，没那回事。"小长说道，"工厂很吵，所以大家说话的声音才会那么呜呜喳喳。"

"呜呜喳喳"显然是"大"的意思。小长还提到了"芳爷爷平时假装听不见"，当然，这我已经见识过了。

从那之后时不时还会在路上遇见，但老头也不打招呼，看见我就如同看到一截木头或是一块石头。老头瘦小干枯的脸颊被一条手巾包裹了起来，饱受太阳暴晒和海风吹打的头顶寸草不生，后脑勺尚有些许得可怜的灰色头发，脸颊和下巴上有几撮稀稀拉拉的邋遢髭须，好似用旧了的牙刷，寥寥无几的胡子一闪一闪地泛着银光。目光麻木而冰冷，没有人情味儿，嘴唇薄到几乎看不出来，上面挂着狡黠的微笑，似乎总是在嘲讽着谁。

这样的面孔并非芳老头独有，而是这片土地上一部分人的群像。不同季节来到此地的游客——来这里钓鱼、赶海、洗海水浴的城里人——给这些人惯出了"巧取豪夺"的毛病，在那种冰冷麻木的眼神和狡黠的微笑外面，时刻伪装出一副质朴木讷的表情，随时随地准备露出谄媚的笑脸。大概是五月初的时候，我在三棵松附近被老头逮到了。

虽然叫作"三棵松"，但其实只有一棵树龄较老的松树。听说很久以前的确是三棵，但据我所知并没有人亲眼见过。松树长在运河岸边，树枝横向生长，松树旁边倒扣着一条陈旧的啪咔舟①，很早以前就在那儿了，每次我路过都能见到它。啪咔舟是一种单人乘坐的平底小船，大多用于采集贝类和紫菜，形状酷似竹叶，十分轻巧。船体虽小但中央可以竖立帆桁，悬挂小三角帆。然而，倒扣在那里的那条船的船体已经裂开了，外形惨不忍睹，外侧涂刷的是青色油漆，看上去既笨重又不美观。

"那条破烂船呵，"有的时候小长一提到那条船就会耸耸鼻子，似乎非常轻蔑地说，"它叫青啪咔。"

这个自视甚高的三年级小学生摆出一副连看都不想再看一眼的表情，把脸别到一旁。

这确实是一条破烂船。倒扣着的船底都干透了，上面有一个窟窿，去年枯萎的杂草早就颤巍巍地从窟窿里探了出来。其凄楚哀怨、伶仃孤苦之状就好比是一匹年老体衰、再无用武之地的

① 啪咔舟（日文"べか舟"），得名由来很多，例如：用力按压这种船，会发出"啪咔啪咔"的响声；"破烂船"（日文"ぶっくれ船"）的缩写；原为"部下船"，用来称呼尺寸最小的船，后演变为啪咔舟。

马，被主人遗忘，形单影只，垂首槽枥之间。那一天我伫立道旁，抽上烟，不禁有了"人亦如此"之类俗不可耐的感慨。

就在这时，老头过来搭话。老头应该是一直都在观察我，只是我不曾注意。他可能以为我看中了这条船，于是脸上堆出一副阿谀奉承的笑模样，高声地问我"买不买这条小船"，声音中透着谄媚。

我当时无法回答。

"听说先生想好好地了解了解这里，对吧？"老头嚷着，"那可不能只在山坡上溜达，要去一去根户川附近啊，百万坪的河汊啊，运河也要去，还有海上，这条船可一定能派上用场啊！"

"来，来看看。"说着老头把倒扣着的青啪咔扶了起来。动作极为敏捷，我都来不及插句话。

"来，瞧瞧吧，"老头说道，"虽然算不上全新，但从造好到现在也只有七年，爱惜点儿用，再用个十五年二十年没问题！"

我说了自己的想法。

"价钱好商量！"老头吼着，"既然蒸汽河岸先生要买，一口价，五贯钱，只要五贯钱！"

我回答之后，老头伸出一只手。

"烟。"老头说。

我把烟和火柴递了过去。

"这么着吧，"老头抽出一根烟点着火，把烟盒揣进兜里，把火柴还给我，然后嚷道，"看在先生面上，干脆四贯钱，四贯钱！"

听到我的答复，老头把烟在地上撚灭，一边把剩下的半截夹在耳朵上，一边大喊大叫。我想起了小长的表情和嗤之以鼻的口气，但同时也认识到自己又被老头绑了起来，扔进了无路可逃的陷阱。"看啊！"老头还在吼叫，"虽然撂在这儿一段时间，有那么一丁点儿干巴，可还是这么结实啊！"

老头抚摸着船沿和船头，小心翼翼地敲敲打打着。我注视他的举动，意识到老头扶船动作之快有两个目的：一个是要吸引我的注意力，再一个是为了不让我发现船底那个去年的枯草探出头来的窟窿。——还有一个细节，本来没打算写，想着写下来旁人也不见得会相信，就在老头抓住船头晃动的时候，船头的冲角折断了。于是老头手里拿着掉下来的冲角，在断面上吐了一口唾沫，又重新拼在了原来的地方，然后一只手握住折断的地方，叫唤的嗓门又提高了一个八度。事实的确如此，不过付诸文字之后，可能有人会觉得笔者言过其实，太荒唐了。"描述事实"是一项多么困难的工作，由此亦可见一斑。

"好吧，那就三贯五十文，"老头说道，"一文钱也降不了了，三贯五十文，就这么定了。"

我稍稍表示了疑问。

"这不算个事！"老头说，"去找雷的船匠，立马就修好了。这样吧，俺给你送去修吧。"

"还有，"老头忙不迭地又加上一句，"老规矩，像这种买卖，买主一般还要给点儿添头，一百匁①的猪肉就行，夏天的话可以给三个西瓜。喂，你好像经常抽进口烟啊！"

---

① 匁，日本古代衡量单位，1匁＝3.759克。

我最后答应给他猪肉。

就这样我成了青啪咔的船主。姑且不论这条船多么小，多么破烂不堪，总之我完完全全地成了这条小舟的所有者。然而我既高兴不起来，又没有半分引以为傲。反倒是一想到小长，还有其他孩子们轻蔑的眼神和嘲弄的笑声，顿时便陷进一阵无地自容、阴郁沉重的情绪之中。

"罢了罢了，那种小舟，"回去的路上我安慰自己，"只要不坐上去就好了。"

次日，我把买船的钱和一百匁猪肉送到老头那里，对于青舟，又交代了三两句。老头欣然应允，打包票说一定照办。

蜜柑树

助哥儿（近似于"青壮汉子"的意思）爱上了阿兼。助哥儿是大蝶丸上的水手，阿兼是每天都要去大蝶罐头工厂剥贝壳的女工，她已经结了婚。

"爱"，在这个地方，指的是在冲之百万坪上用于切割晾晒紫菜的小屋里的男欢女爱。如果嫌去小屋麻烦，也可以在空荡的干芦苇丛里，夏天的话还可以在根户川的堤坝上，妙见堂的院落或是消防水泵小屋也可以用来解决问题。其实，特意跑去晒紫菜的小屋春宵一夜，大多是因为两人激情四射，女方情难自已，声音过大——有这种习惯的五个女性的名字，在当地人中间已经是公开谈论无所顾忌的话题，这在他们看来已是见怪不怪："又不是什么稀罕事，没必要费那个麻烦。"

但是助哥儿不一样。他就像一个爱恋着女同学的男学生一样，情窦初开且纯真地爱着。乘着大蝶丸出海捕捞贝壳的时候，他无时无刻不在想着、念着阿兼，胸口为此隐隐作痛。阿兼的身姿——在工厂老旧的建筑物前，一大群妇女和老太婆们一个挨着一个，手法娴熟地剥贝壳，这些在助哥儿眼前时隐时现。

大蝶丸有三名水手，船长荒木在别处安了家，轮机长正山和水手们都住在工厂的小屋里。助哥儿把自己的爱恋之情埋在心底，最大程度保持着自我克制，以免被旁人看穿。然而一天半夜，他在睡梦之中呼唤阿兼的名字，被睡在旁边的两个水手听见了，一切努力都化为乌有。

"昨晚可不是头一次了吧?"一个水手说，"你不是听见过很多次嘛，是吧?"

"是啊。"另一个水手答道，"不过把名字说得那么清楚，昨晚好像是头一次。老早以前就好几次听见他在做梦的时候念叨'喜欢你啊喜欢你'的。"

"阿兼!"先开口的那个水手双臂紧紧搂住自己的肩膀，扭动着身子模仿着助哥儿的声音，"俺，俺喜欢你，喜欢你喜欢得都要死了。"

助哥儿冷着脸撇过头去，用手背擦了擦眼睛。他死的心都有了，如果可以，恨不得当场把两人揍个半死。可是他身材瘦削，身高也不过五尺而已。那两人的块头都比他大，气力也大得多。出海采贝和返回工厂卸货的时候，他早就见识过了。

他一心想要一死了之。

助哥儿下定决心，绝不再看阿兼一眼，从正在剥贝壳的阿兼面前经过时，他也目不斜视，三步并作两步，几乎是小跑着过去。他以后想当一名轮机员，每天下工之后，轮机书籍片刻也不离手，一个人埋头苦学。这些书大部分是从荒木船长那里借来的，不过当中有几本关于内燃机的书是他自己去东京神田买来的。

　　他从来没在半夜十二点以前睡过觉。其他水手和轮机长几乎每晚出去买醉，回来以后就赌色子或是"一厘花"，直到天亮。他们拥着红火屋的女伴，开着恶俗的玩笑，或是为了赌博和女人而发生争执，大打出手。在这片混乱聒噪中，助哥儿把桌子挪到小屋角落，双手捂着耳朵读书，或是抄抄笔记。这间十坪左右、像个狭长箱子似的小屋里，只有一个从屋顶上耷拉下来的孤零零、灯光微弱的电灯泡。能够到达角落附近的光线微乎其微，即便如此助哥儿依然捧着书不撒手，记笔记时眼睛几乎都要贴到本子上了。

　　在周围人们看来，这种自学是一种愚蠢的行为。因为在这里想要当一名轮机员，只需要上船待个五六年，看看轮机长的实际操作，就足以成为一名像模像样的轮机员了，就连现在两家通船公司的轮机长们，之前大多也都是这样当上轮机员的。

　　在因为阿兼的事遭到讥笑之后，助哥儿彻底变得不爱见人，越来越沉迷于自学。梦话的故事虽然眨眼之间传开了，但也很快就被人们忘却了。在这里，谁家的老婆跟谁睡了之类的事情都是家常便饭，即使有人说你老婆跟谁谁睡了，这家丈夫也不会太惊讶，还会说"老婆呀，偶尔也想换换口味嘛""喜欢用我的二手货那就随意好了"。——当然，这些丈夫自己也会"换换口味"，而且也并不是所有人都能做到这么超凡脱俗。"浦粕的闺女和老婆都是放任自由的。"当地人嘴上说得直白，但仍免不了有些人小心眼，有几次还引起了轩然大波。

而像助哥儿这种情况，梦话表白，对他人来说只不过是一个小小的笑谈，很快就被人们抛到了脑后，但是对于受到伤害的助哥儿和阿兼来说，两人似乎都难以忘怀。

　　初夏的一个下午，两人在根户川的土堤上有了第一次交谈。那天工厂休息，助哥儿吃过午饭，带着两本书走上土堤，在青草依依的斜坡上坐下来，翻开了书。他一页一页地读着，但脑子里什么都没有留下。一列列文字只是从眼前划过，读完后便消失得无影无踪。他试着读出声，并用手指指着书本上的字句，可依然如故，不论他反复读多少遍，脑子里还是空空如也。

　　就在这时阿兼来了。她是尾随助哥儿而来的，他的样子她早已看在眼里，她明白必须要自己制造机会，这天机会终于来了。

　　"哎呀，这不是阿助嘛！"阿兼装作很意外的样子打了声招呼，"在这里干什么呀？哎呀，在学习呀。"

　　助哥儿合上书，没有回头，僵直地定在那儿。他感觉全身都像着了火一样滚烫，心脏似乎跳到了嗓子眼。阿兼走下斜坡，挨着他坐在草地上。随之，一股糅合了女性酸酸甜甜的体香和脂粉香气的温热空气将他包裹其中，他感到一阵头晕目眩。

　　"春天已经过去了啊！"这句话妩媚动人，阿兼自己也意乱神迷似的，又说道，"流水易逝，人生苦短啊！"

　　日光西斜，天空中浮动着一层淡淡的云气，根户川静谧无声，宽阔的水面没有一丝波纹，仿佛睡着了一般。四周飘荡着温煦的泥土味和嫩草的清香，对岸新长出来的芦苇丛中，不时传出小鸟清脆的鸣叫声。

"是达达燕吗?"阿兼说,"达达燕这时候出来还有些早吧?"

再看助哥儿,他正在发抖。垂着头,面部僵硬,脸色煞白,两只手抱着膝盖,使劲揉搓着手指,紧紧咬着下嘴唇,浑身上下哆嗦个不停。阿兼莫名有些欣欣然,她觉得这是一种她从未体验过的、让人汗毛倒竖的快活的战栗。

"我喜欢你。"阿兼在他的耳边轻轻说道,"你可知道晒紫菜的芳野小屋?应该是知道的吧。"

助哥儿默不作声地点了点头。

"我有话想对你说,"阿兼接着说,"今晚,七点左右,去那里吧,去那里找我,好不好?"

阿兼轻触助哥儿的手。他顿时抽搐了一下,身体更僵硬了,然后剧烈地颤抖起来,这种颤抖传递到了阿兼的手上。那种不可思议的快感又一次向阿兼袭来,她用力攥了攥助哥儿的手腕,然后松开了手。

"大家快要出海回来了,"阿兼说着叹了口气,"让他们看到一定又会说闲话。我走了,世间事,不如意常八九啊!"

阿兼又重复了一遍晚上的约定,哼着小调离开了。

助哥儿心里估摸着时间,良久,才悄悄地回头看去。因为保持同一个姿势的时间太长,颈椎发出咔咔的响声,脖子也转了筋。阿兼走远了,都已经快到被白色烟尘笼罩的石灰工厂了。

"喜欢你,"助哥儿一边揉捏着脖子,一边重温阿兼的话,"我喜欢你。"

他侧过脸,泪水从眼睛里扑簌簌地落下来。

"春天已经过去了；世间事，不如意常八九；我喜欢你；流水易逝，人生苦短啊！"这些话语在他的脑海之中，每一句都是那么清晰，那么动听，仿佛不是世间凡俗之物。它们几乎都具有纯金的价值，散发着纯金一般的灿灿光芒。

"我一辈子，都不会忘记！"助哥儿暗自发誓，"不论多大年纪，直到死，也绝对不会忘记，绝对！"

我想说的，不是美好易逝，也不是易逝的才是美好。这些并不美好，恰恰相反，美好的情感却遭到了亵渎，遭到了玷污。只有助哥儿萌生的感动之情，是纯洁而美好的。

那天晚上，他按照约定的时间来到了约定的地点。芳野是堀南的一处钓鱼船家，换季时也制作紫菜，因此在弁天神社的后面拥有切割小屋和晒场。这里位于冲之百万坪的入口处，被旱田和荒地所包围，与最近的紫菜小屋相距两百多米。这个季节虽然日头当空的时间渐长，但此时夜幕已经完全降临，暑气尚存的昏黑夜色中，传来夜猫子的叫声。阿兼已经到了，在幽暗的小屋前叫他。助哥儿膝盖发软，因此他小心翼翼地走过去以免摔倒。

"一直在等你呢，"阿兼的语气中透出一分迫不及待，"让女人等男人可是罪过啊，讨厌。"

阿兼激动地拉住助哥儿的手。他狼狈不堪，笨拙地倒退一步，一边想要甩开被拉住的手，一边问："你不是说有话要说吗?"

喉咙里的嗓音沙哑，说出口的话含混不清。阿兼抿着嘴，笑着把拉着的手又拉近一些。比在土堤上时更强烈的脂粉香和女性的体香将助哥儿包裹起来，他眼前顿时天旋地转。

"是呀，有很重要的话，"阿兼悄声说，"到里面去慢慢说吧，好不好？进去吧。"

"我……"说着他叉开腿使劲站住不动。

"听话。"

"可是……我……"他磕磕巴巴地说着。

"好啦好啦。"阿兼喘了口粗气，把他拽了进去，力气大得吓人，"不会吓着你的，能不能像个男人一样。"

助哥儿把牙咬得咯吱咯吱响。

阿兼把他拉进了屋，关上了入口的门。这种切割紫菜的小屋入口处三尺宽的拉门上通常都安装着挂锁，但大多松松垮垮，不需要钥匙，稍稍用力拉拽，就能整个拔下，出门的时候再原样插回去就行了。

"你还在哆嗦吗?"小屋里传来了阿兼的声音，"呀，不用这么害羞的，拉个手而已。"

接着听到了她抿嘴偷笑的声音。

"阿助，"阿兼用娇滴滴的鼻音说道，"你多大了？——噢，十九，真年轻呀，好开心。"

那时阿兼已经三十五岁了。她丈夫老小子是个醉生梦死的懒汉，虽然时不时心血来潮地蹚摸一点活儿干，但是"从来没完整地干过一天"。不嫖也不赌，只是喝酒睡觉，要不就是东倒西歪地四处游荡聊闲天儿。能挣钱的阿兼自然当家做主，老小子靠着阿兼给他的零花钱过活，但这显然不是长久之计，于是他东游西逛，专门物色能管他吃喝的人，还常常死乞白赖地跑去阿兼的情夫那里。

阿兼因为没生养过孩子，不仅皮肤吹弹可破，而且有着水性杨花的女人共有的娇媚、摄人心魄的声音和身段，以及此时无声胜有声的款款秋波。这些可不是能练出来的，而是天赋，而这些武器在这个地方却没有用武之地。

——只有她的丈夫老小子，才知道阿兼在外面究竟有多少个男人。

当地人都这么说。真假难辨，但可以确定的是，凡是和阿兼云雨过的男人，老小子都一一拜访过了。他也不找这些人的麻烦，而是把这些男人叫出来，哼哼唧唧，惨兮兮地问人家"可不可以请我喝一杯"。对方给多少他就拿多少，如果对方说"没有"，他也就老老实实地回家了。

助哥儿的爱情只持续了大约一个月，便悲悲凄凄地化为齑粉。一天晚上，在切割紫菜的芳野小屋里，他怒不可遏，浑身颤抖着质问阿兼，因为他听说阿兼也和别的男人睡觉。

"那有什么大不了的!"说着，阿兼伸手想要抱住助哥儿，"我真心喜欢的只有你一个，世间事不如意常八九啊。"

助哥儿甩开了阿兼的手。

"不是这样的! 不是这样的!"他战栗着说道，"男女之间的关系就好比是在培育一棵蜜柑树，两人同心同德地培育，这样才能长出蜜柑。可是像阿兼你这样今天跟这个男的睡明天跟那个男的睡，辛辛苦苦培育的树上就只能长出茄子、南瓜，长出红薯之类的。这种事，我接受不了!"

"不要再说浑话了！"说着阿兼突然生气了，"站着说话不腰疼吗？难道不是你，把我从我丈夫那里抢走的吗？什么茄子、南瓜，别胡扯了！"

然后就是一通臭骂。

美好纯真、散发着金色光芒的东西毁于一旦。助哥儿痛定思痛，重新一门心思扑在了自学上。他不止一次地想要"一了百了"，下定决心要奔向远方。自己在北海道之类的某个广袤无垠、了无生气的雪原上，低垂着头，怀揣着万念俱灰的心，踽踽独行。每每这样幻想，他就会沉浸在一种快感之中，尽管现实中他并没有这样的勇气。

"不能再想那些毫无意义的事情了。"他扑倒在桌子上，摇晃着脑袋，"在那种事情上消耗精力，只会妨碍我出人头地。"其他水手和轮机员的喧哗仿佛成了看护他的屏障，他双手捂着耳朵，嘴里低声诵读书本，"——其结构 A，原则上可以分成轮机和叶轮两部分，轮机的主体是汽缸……"

阿兼已经完全不把助哥儿放在眼里了。她在厂房前铺开草席，和其他妇女、老太婆们并排剥着贝壳，起劲儿地开着玩笑，引起一片笑声。即便助哥儿从旁经过，她也摆出一副没看见的面孔，就算和他对视，那眼神中也是空空荡荡、毫无感情，好似看猫狗一样。

老小子也没来找过助哥儿。不过从那以后，他再纠缠阿兼相好的时候，会嘟嘟囔囔地说上这么一段话：

"这夫妻啊，就是两人一起培育蜜柑树，就这么把别人培育的蜜柑给摘了吃了，哪儿有这种道理。"

而后老小子就可怜巴巴，眼神游离："——你作为一个外人，吃了别人夫妻俩培育的蜜柑树上长出来的蜜柑，不能白吃白拿吧。蜜柑可不像什么茄子、南瓜啊。"

就这样，"老小子变成了大明白（近似于聪明机灵的意思）"的评价传开了。

打水傻瓜

　　我是在根户川的堤坝上钓鱼的时候，第一次遇见了那个男人。

　　那个男人到这儿之前，仓哥儿从旁路过，站在我身后，默默地看了一会儿。仓哥儿是船宿千本年轻的船老大，身材高大，颇有男子气概，腮帮子总是红通通的，而且是当地青年里罕有的少言寡语，为人又坦坦荡荡，人缘很不错。

　　"在钓什么呢?"仓哥儿问道。

　　这让我难以回答。我还没有自命不凡到想要"钓什么"的地步。钓到什么算什么，能钓到什么全凭运气。

　　"是鲤鱼吗?"仓哥儿又问。

　　我掏出烟递给他一支。

　　"不了不了，"仓哥儿说，"我也就是饭后才抽一根。"

　　我点着了烟。这时水面的漂子动了起来，猛地扎进水里，我被烟呛了一口，顺手提起钓竿。上钩的是一条大鰕虎鱼。

　　"看个头儿可有两年了。"仓哥儿说道。

　　我从钓钩上取下鰕虎鱼，放进水桶，挂上新饵，又把线抛进水里。

"唔，"仓哥儿说，"没想到两年的鰕虎鱼居然能洄游到这里。"

他的话音里听不出一点挖苦和嘲讽的意味，甚至让人感觉到了一种有礼有节的亲近感，不过这反倒给了我压力，让我很是尴尬。仓哥儿可是个行家。就冲着对好钓场的了解程度而言，他在整个浦粕的船老大里都是屈指可数的，而且无论什么时候，他都不会把想要钓黑棘鲷的客人领去鰕虎鱼聚集的水域。因此据说越是吝啬的客人就越是对他情有独钟。关于这种客人和船老大之间微妙的因果关系，有这么一个例子：钓船民宿送客人出海时，会让客人带上饭、腌制的小海味和酱菜。一般客人会在海上烹煮钓到的鱼，然后搭配着一些酱菜吃饭，船老大则可以用腌制的小海味配饭吃。但如果是很抠门儿的客人，那么他们会把钓上来的鱼带走，只就着小海味和酱菜吃白饭吃到饱。这样一来船老大就不得不拌着咸海水下饭了。而且越是抠门儿的客人就越在意钓了多少鱼，也就更热衷于寻找本领高强的船老大，从而就形成了这样一种左右为难的关系。——听到这种诚恳的行家评价，换作谁都会有压力的吧。在这片距离河口大约四公里的上游地区钓到了一条两年的鰕虎鱼，让我有些惭愧，就好像犯了一个有悖常理的错误。

"听说先生买了青啪咔？"仓哥儿停顿了一会儿问道。

我回答了他，仓哥儿蹲下身，薅起一棵草穗，咬着纤细的草茎。

"那可不妙啊，"仓哥儿说，"那条破烂舟调教起来可是要费些力气啊！"

我没回答。

从刚才开始，洗衣场就有一个男人在那儿打水。土堤上有个用来落脚的台阶，可以在根户川打水或是洗衣服。那个男人用扁担挑来了两个漂亮的提桶。扁担细长，已经磨成了米黄色，看上去像是特制的，提桶是杉木做的，直木纹，箍着铜箍。我之所以会注意到这些细枝末节，是因为男人怪异的装束和举止。

那个男的看上去既像十六七岁，又像三十多岁。身材瘦小，个头大约五尺高。身着干净利落的竖条纹绸缎和服，系着角带，披着秩父地区出产的深茶色粗条纹的无袖短褂。日式短布袜搭配着竹皮屐，看上去并不是来打水的，倒像是什么地方的退隐之人在漫步云游，而且他打水的样子谨小慎微，令人匪夷所思。

他目不转睛地盯着河水表面。乍一看好像在想事情，其实是在全神贯注地盯着水面，证据就是在水面上的污垢消失的那一刹那，他就会以迅雷不及掩耳般的速度打起一桶水。——至此其谨慎程度已属绝无仅有，但这还不算完。接下来他蹲在提桶旁边，盯着刚提上来的水。头脑里似乎没有一点时间概念，就这样气定神闲地盯着，没有污垢还好，假如发现丁点儿污垢，便毫不怜惜地把水倒回河里，然后继续耐心地盯着流动的水面。

我第一次观察到那个男人的时候，并没有注意到这些事，又因为自己正在钓鱼，也没有注意到时间的流逝。不过直到他灌满两个提桶，应该用了差不多两个小时。待到那个男人心满意足，用扁担挑着两个提桶，优哉游哉离去的时候，仓哥儿也已经走了。

打水要花费将近两个小时，想必很多人都不会相信。第一次的时候我倒没觉得有什么奇怪，然而我又见到了第二次、第三次，之后时常亲眼得见，两个小时左右是家常便饭，有时还要用上差不多半天时间。

有一次我带着写生本，正走在位于町中央的中堀桥上。这时，看到那个男人从对面走来。他依然披着无袖短褂，踏着竹皮屐，嘴里含着糖，两只手来来回回地搓着一根像是串糖用的杉木筷子，溜溜达达地走了过来，脸上的表情似乎在告诉别人他有多么悠然自得、无忧无虑。当我走下这座仅能容一人通过的狭窄小桥的时候，听到他正在用鼻子哼唱某出歌剧中的一段，音调非常精准。

对于我的疑问，千本的小长十分不屑似的拱起鼻子。

"他家是河边开鱼店的。"小长介绍道，"他叫'打水傻瓜'。"

我又问。

"不是，是后来的事了。"这个三年级小学生讲道，"他有一台留声机，开始买唱片，不管多贵的都买，买啊买，二楼都堆满了，从早听到晚，就这样呀，唱片数量越来越多，脑筋也越来越不正常，有人说娶个媳妇就好了，于是他家就从葛饰那边给说了个媳妇，可是不仅脑子一点儿也没见好，还开始打水了。"

耳聪目明、伶牙俐齿，除了学校功课，任何方面都不输旁人的小长，讲述的时候嘴唇边挂着唾沫星子，眼珠子滴溜溜地转个不停。

那个男人无所事事。父亲死后，鱼店交由母亲和男人的妻子打理，雇了三个年轻人，生意很红火。男人早晨起床后就直奔蒸汽河岸打水，回来以后就用打来的水洗漱。第一桶水用来刷牙，第二桶水洗脸，绝不会浪费任何一桶水，优哉游哉、仔仔细细、不知厌倦地刷刷洗洗。就这么耗掉半日时间，之后才吃早饭，往往这时候都到下午了。然后上二楼打开留声机，或是舔着糖在町里散步，这些都是他雷打不动的每天必须要做的事情。

"笑死人了！"小长嘲笑道，"到了晚上，他老婆就领着他洗澡，全身上下给他洗得干干净净，睡觉的时候还要搂着他、哄他睡觉呢，而且呀，老婆抱着他睡觉，还真的是只睡觉，什么都不干。"

我赶忙岔开话题。这个聪明过人、非同一般的少年，常常会泰然自若地说出一些连我都不太明了的惊世骇俗的事情来。话说回来，小长也不是特例，这里的孩子们不论男女，对触及男女之事的微妙说法都熟悉得很。有时候我惊讶于他们的这种语言表达，往往张口结舌不知所措，他们还会对我说："喂，喂，蒸汽河岸先生就不要装傻了嘛。"

一天，我从河边的鱼店门前经过。店铺正面宽约五米半，是一栋很坚固的两层建筑，宽阔的店铺里有一个巨大的冰柜，招牌上写着"外卖，鲜鱼"。一个年轻人片刻也不停歇地处理着鱼，店门前，一个年轻女人正精神头十足地清洗着鱼盘子。她头戴头巾，披着底襟，露出了白皙结实的小腿和鲜红的贴身裙，由于束衣带扎得很紧，所以从大臂开始，丰满紧实的雪白肌肤都裸露出来，我路过的时候，她正抬起一只手抚摸额角，浓密的腋毛从那白嫩的胳肢窝露了出来，我慌忙把视线移开。

藏青碎花和服，紧扎着的衣带，从掖着的底襟可以窥见的鲜红衬裙，结实匀称的双腿，圆润紧实的胳膊，浓密的腋毛。——还有驾轻就熟的手法，比男人更有活力、干脆利落地清洗盘子的姿态。从中丝毫感受不到她因为有一个被人唤作"打水傻瓜"的丈夫而对命运不济的失意神伤，抑或是深埋心底的暗自哀怨。可是，每当夜半醒来，她又会想些什么呢？

调教青舟

雷的船匠来了信儿，说是青舟修好了。当时修理费花了四贯钱，再加上付给芳老头的三贯半钱和猪肉，发现这档买卖实在是大出血。我又一次确定自己被人耍了个团团转，心里很是不痛快。

修理费花是花了，可我完全提不起取回小舟的兴致。前文也已经介绍过了，这条青咖咔是浦粕人尽皆知的傻瓜才会买的破烂舟，尤其它已经成为孩子们讥讽的对象。倘若让别人看见我坐在这么个玩意儿上面，后果不堪设想。

"算了算了，"我自我安慰，"过段时间人们就会忘记了吧。"

可是谁又会忘记呢？船匠会忘了我吗？我会忘记要去取回小舟吗？会忘记在贫困潦倒的时候，从仅有的一点钱中拿出将近九贯钱而买回来的青舟吗？这些呓语只不过是朦胧的自我保护本能和潜意识在起作用罢了，没有哪一句有确切的依据——不过我忽然想起买船的时候，曾委托芳老头办一件事，那就是修好之后，暂时靠泊在船匠家的岸边，当时的想法是在乘坐青舟之前，先让小长等小孩子们在情感上有一个缓冲的时间，"那就好那就好"。

可是刚松了一口气，芳老头就好像是盼着我想起这档子事似的，把青舟送上门来了。

我打声招呼，老头在大门口吼了起来。

"雷那边也嫌碍事！"老头声嘶力竭地吼着，一边若有所思地看看我的手，然后接着吼道，"他说保管费另算，还要再商量一下跑腿钱。"

我应了一声，跟着老头一起去土堤看船。

青舟拴在洗衣场的桩子上，飘飘摇摇，好像还在睡梦之中。我的要求被无视了，原来斑驳的青漆又被重新涂刷了一遍，显得更加狰狞，像是在嘲笑着什么。当初我买船的时候，可是交代过老头要把油漆刮掉呀。

"你是这么说了啊！"老头盯着我的手叫唤起来。

"说是说了，可还是涂了，哎呀无所谓了，刮掉也好涂上也好，青啪咔还是那个青啪咔。"

老头时不时地瞥了瞥我的手和袖兜，目光中似有深意。

"棹子和船桨咋办？"老头问道，"要不要俺帮忙？"

我回绝了。老头从耳根把夹着的烟屁股取下来，眼神里带着厌恶，说了句"火柴"。我开口回复并表示感谢，转身回家去了。

我租住的是位于蒸汽河岸以北约一百米的一处独门独户的房子。东边是开阔的田圃，左右都是青草丛生的空地，西侧是根户川的土堤。土堤上有一条路，可以一直通往上游的德行町，虽然往来行人不多，但坐在小屋的书案旁，只要路人说着话经过，其说话声音便也听得一清二楚。——不出所料，那天下午稍晚些时候，果然响起一片喧哗声。这是我必须要硬着头皮闯过去的一道关口。这就好比是从东京乘火车去大阪，就算不走丹那隧道，也躲不掉大井川和天龙川的铁桥。如果有人钻牛角尖，觉得这与隧道、铁桥不是一回事，那么可以去一趟浦粕。这座町的老百姓有着独一无二的一套道理（虽然大多立足于"嘲弄权威"这个观点），不消说隧道和铁桥，小学老师讲话时用两叉河损毁的水闸来打比方都是再寻常不过的事。大概是几十年前的事吧——故事有些不足为信，据说曾经有一个肚里满是墨水、架子很大的村长（当年这里还叫"村"的时候），因为确实很有学问，所以没想到村民们那么神通广大。有一次，消防班长德君悄悄对另一个伙计说道：

"咱村长是个跛子。"

那个伙计瞪圆了眼"哎"了一声："俺怎么没看出来？"

德君接着说："世上有些跛子能看出来，有些跛子就看不出来。"

以浦粕的风俗，传播这种评论用不了多长时间。眨眼间全村无人不知无人不晓，结果那个派头十足的村长走起路来，不由自主地就成了一个跛子。

芳老头送来青舟的那天，下午稍晚，我正伏案写作，忽然听见孩子们的叫喊声。一听就知道来自根户川土堤的那边，洗衣场像是炸开了锅。他们叫骂、哄笑，似乎还夹杂着投掷石头和起哄的叫喊声。——我握着笔，侧耳倾听。这就是难关，我心想。为了不长痘，就必须要人工种痘，在胳膊上开刀，替代一张痘痕斑斑的脸。开刀是短痛，但疮痂痊愈可不是咄嗟之间的事情。我谆谆教诲着自己：总而言之，这就好比是在种痘。

这时有个人从土堤那边跑过来，到窗户外面叫了一声"先生在吗"，是小长。

"快去看看吧！"小长亢奋地大声喊道，"他们要掀翻青舴艨，你听没听见？"

我回答了他。

"没来得及说，俺就跑来了！"小长跳着脚，"俺劝他们了，他们不听，说是要掀了它啊！"

我又回答了他。

"算了，俺不管了！"小长气哼哼地叫着，"俺多管闲事了，随便吧！"

听到我的回答，小长跑走了。

洗衣场的喧闹还在继续，小长的叫声刺透了那片喧哗。"走开，别闹了！"小长叫着，"先生生气了！再不走开，先生就要来啦！"我对这突如其来的情况颇为不解。最瞧不起青舟的明明就是小长。犹记得在三棵松附近的路边，小舟底朝天地暴晒在太阳下，小长拱起鼻梁，"那条破烂舟"，脸往旁边一撇，一副看都不想再看一眼的表情。我原以为今天吵闹的罪魁祸首，多半也是小长。然而并非如此。小长想要保护青舟，使它免遭他人的暴力对待。我不仅疑惑，还有少许感动。

"沉住气，不要掉以轻心。"我对自己说道，"不要这么多愁善感，小长可是个人精。"

喧哗平息，顽童们也散去了。天色渐渐暗淡，我觉得应该差不多了，便出门去土堤看看情况。好像扔了不少石头，小长也说他们要把它"掀翻"，究竟成了什么样子？在到现场亲眼得见之前，我确实有几分忐忑不安。

登上土堤一看，舟不见了。

本应该拴在洗衣场的桩子上的青舟，已经不见了踪影。我走下台阶，心想是不是被掀翻到水里了，于是蹲在洗衣场边向水下张望。借着黄昏朦胧的亮光，我透过水面往下看，青黑色的水藻在水中摇曳，不知名的小鱼成群结队，往来翕忽。但却没有看见小舟。如果只是被掀翻，那么缆绳应该还拴在桩子上，然而那条缆绳也不翼而飞了。

"唉。"我嘀咕道，"折腾得不轻啊！"

我想那帮小子应该是把青舟给顺水冲走了。

如果说当时我一身轻松，那是谎话。终归当初我买船的时候是斥以巨资的。即便剔除猪肉、香烟以及精神损失，剩下的钱对我而言也断然谈不上是小数目。正好借此机会开诚布公地讲一讲我在浦粕时期的收入。我给名叫《中·商》的商业报刊的家庭专栏写童话连载，每周一次，还有就是给《少·世》少女杂志创作少女小说。前者仰仗的是浦粕望族的公子高品君，他在《中·商》报工作，后者则是托《少·世》总编的福，他便是后来成为著名小说家的井内蝶二。前者每次稿费"五贯钱"，后者每篇是"四十文"至"五十文"，收入多少取决于稿件的篇幅。此外，如果入不敷出，就要去京桥的木挽町找开店的恩人、洒落斋的山本老先生那里去借钱，这也是隔三岔五常有的事。

不过，如果说丢失了青舟非常可惜，倒也很难说。因为我也有一种摆脱麻烦、卸下重担的感觉。总之，明天先沿着河道和水渠找找看吧，这么决定之后，我便回家去了。

次日，吃罢早饭我便出了门。虽然顽童们都上学去了，但我由于自尊心，并没有显露出找船的样子，只是边走边用余光留意。在蒸汽河岸，三十六号船的留君同我打招呼，问我近况如何。在船宿千本的店门前，一个叫阿绢的女人一边给延绳钓渔船准备饵料，一边招呼我说有空来玩。我转弯走向运河，同紫菜屋的老太太寒暄两句，还遇到了町公所的增山君，在红火屋荣家前面，刚送走住客的实永邀请我进去坐坐。就这样我同十几个人聊了天，或是互行注目礼，但最后也没有发现青舟。

"看来是直接被河水冲走了。"我喃喃自语，"被冲到海里去了吧。"

那天傍晚，窗外传来了仓哥儿的声音。打开窗户一看，仓哥儿一身出海的打扮，两颊通红，英姿勃勃，面带笑容。

"青帕咔给你拖回来啦。"仓哥儿不紧不慢地说道，"看见的时候它都漂到海上的第三条航道那里了，这是怎么回事？"

我告诉他原委，仓哥儿又笑了。

"真让人头疼啊，那帮小鬼。"不过他的语气中却听不出无可奈何，他热情地建议说，"下次再来可以吓唬吓唬他们，他们也没什么恶意，一吓唬就好了。"

我应允，仓哥儿点点头，说了声等会儿把棹子和船桨拿来，随后就走了。他走后，我走上堤坝。只见青舟拴在桩子上，默默地倚靠在洗衣场边，似乎不情愿看见我。河面已然昏暗，走近之后也看不太清楚，不过能看出来剥离的青色油漆像麻子脸一样，船舷到处斑斑驳驳。

"嘿，"我叫她，"一场浩劫啊，就这么回来了，还算不错吧。"

一股暖暖的怜爱之情涌上我的心头。如此丑陋不堪又傻里傻气的破烂舟却是世间独一份。它因此而遭到嘲笑，遭到憎恨，但如今成为这副模样，罪在制造者，她自己并没有责任。她一身清白，却要为制造者的过错，为这种扭曲的现实付出代价。而她甚至申冤无门，只能默不作声地承受百姓的嘲笑，忍耐顽童们丢来的石头。

"有个问题要思考一下。"我抚摸着她修好的船头说，"问题在于〈青咘咔〉这个概念。"

芳老头说过，即使青色油漆剥落，"刷不刷青漆，青咘咔还是青咘咔"。这么说来，这个普遍性的概念构成了百姓看待这条小舟的根基。于是我想到，可不可以把它改换为青咘咔之外的其他东西，也就是转换属性。

"等一下。"我喃喃自语，"等等，再想想看。"

我吃过晚饭去了一趟堀南的天铁，之后买了点东西就回了家。

第二天下午晚些时候，我听见土堤那边响起了孩子们的吵闹声。这都在预料之中，我面朝书案一动未动，一边倾听着喧闹的声音，一边暗笑，设想接下来将会有何反响，又有谁会过来。孩子们比第一次闹得更欢腾了，投石头的声音不仅更多，而且更起劲了。我等着，但一个人也没有来。就连小长也没有露面，吵闹声没完没了，持续了很长一段时间，孩子们才离开。

"奇怪呀。"我嘀咕道，"他们没注意到吗?"

确认顽童们都走了，我才小心翼翼地走出门。

青舟还拴在洗衣场的桩子上。我走下台阶，蹲下身，首先察看她的船舷，昨晚我写的"驽骍难得"① 几个字，虽然支离破碎，但是还在。投石的成果似乎比预想的还要辉煌，油漆脱落得更多了，船舷边也缺损了几处。

"他们对这些字无动于衷吗?"我看着白色油漆的文字低声说，"他们既没有好奇，也没有起疑心啊。"

我的期望落空了。我想把她从青啪咔变成驽骍难得。本打算激发起顽童们的好奇心，等他们过来问我，然后我给他们讲述这个名字的由来。这样就会在他们的头脑中留下老马愚钝但又惹人怜惜的形象——可怜的又老又糊涂的马。如果能让他们产生这种观念，应该就不会再去迫害那条"可怜的又老又糊涂的马"了，因为少年大多很乐于把自己当成英雄，给事物赋予浪漫的情调。

"算了，再等等看吧。"我返回家中拿油漆的时候说，"万事贵有恒。"

然而我的期望还是一场空。

似乎我怀揣着的"少年"这个概念，并不包括这块土地上的顽童。不论是否涂刷青漆，不论是否用白漆写上玄妙的名字，对他们来说，青啪咔仍不过是青啪咔。

---

① "驽骍难得"是《堂吉诃德》当中堂吉诃德的坐骑。

"现实主义的家伙。"我说道,"随她去吧。"

我还记得我说过这么一句话:"随他们的便,爱干吗就干吗去吧!"

顽童们每天不厌其烦、兴高采烈地跑来虐待青舟。就连下雨天,也要在上下学路过时丢石头,扔泥巴,恶语相加,大肆嘲弄。那时我正扑在《画师弘高的悲剧》的两部十幕的大作上,尽管这是一部完完全全卖不出去的作品,但我努力让自己沉浸在创作之中,以此忘却青舟的事。

希望读者不要把这件事当作我对人与人之间爱恨纠葛的一种比喻。我只是陈述了事实,它是现实"存在"的一件事。传说,蛇在人类犯下原罪时充当了帮凶,因而被憎恨至今,不得不在尘埃中匍匐而行。我为在青舟身上同样感受到的那种原罪所带来的不当迫害而唏嘘慨叹。

孩子们最后还是厌倦了。这并不是热恋之后步入婚姻的男人(或女人)对他们另一半的那种厌倦,而是对于人老珠黄、红颜尽逝的憎恶鄙夷——这段时间究竟多长其实并不重要。总之孩子们厌倦了,对青舟不再理睬。"时间将解决一切",这句老生常谈的金句,在这里又一次地应验了。

"但是不能掉以轻心。"我提醒自己,"难关仍在。"

后来我乘着青舟出航了。

啪咔舟是一条平底小舟,因此没有橹,浅水处以棹撑船,深水处以桨代橹。少年时代,我曾在江之岛的片濑川学习过棹和橹的使用方法。本以为操纵如此不起眼的啪咔舟易如反掌——而且我觉得大多数啪咔舟都应如此——可她并不是其他的啪咔舟，她是青啪咔。她有个性，有着强烈的自我意识。我施展了浑身解数，她依然固执地不肯听命。我指东她向西，我指南她往北。待到不管东西南北，任由她的喜好想去哪儿就去哪儿的时候，却又原地打转，哪儿都不去了。

"好吧好吧。"我放下船桨，一只手擦汗，一只手抚摸着船舷，说道，"反正时间有的是，又不着急去什么地方，慢慢来吧。"

就这样我开始了苦战。

我对自己的耐性是有信心的。

我从不曾乱发脾气或是给人脸色。即便有时情绪激昂不可抑制，也会尽可能用礼貌用语替代大吼大叫，用赔笑脸的方式来替代高声吆喝。当然，我也希望能够用这种态度对待青舟。想到她遭受了何种侮蔑和迫害，我决定我自己必须要用怜惜和真情来抚慰她。

一天，在根户川河心，我挥舞着棹子，发疯了似的划着桨，正在与青舟顽强的自我意识搏斗，等到回过神来，忽然发现蒸汽河岸人山人海，人们一边对我指指点点一边发出嘎嘎的笑声。因为仍是上课时间，所以看不到顽童们，但男女老幼十四五个人，还有认识我这个"蒸汽河岸先生"的小毛孩子们，时而向我这里比比画画，时而捧腹大笑，高兴得忘乎所以。

有一天风很大——我在根户川的河心陷入苦战。刚刚退潮，青舟便载着我，将棹子和船桨抛到了脑后，委身劲风急流，风驰电掣一般驶向下游。这样下去势必要被带到海上，我拼命划桨，大汗淋漓奋力苦战，想方设法要把她驶向岸边。正在这时，我听见土堤上有喊声，只见千本的小长边跑边叫。

"快靠岸！"小长一边奔跑一边向我喊道，"先生，快靠岸！再这样就要到海里去了！"

我也想照做。为了靠岸我已经是汗流浃背，但青舟就是固执地不听使唤。

——这个，这个不中用的……

话到嘴边我又咽回去了。

孩子们是对的，这条破烂舟就是个油盐不进的女流氓，就是个愚蠢无能、恬不知耻的家伙。名副其实的青啪咔，但即便我这么想着，我也克制着自己，没有把这满腔情绪倾泻到她的身上。

"哈——被冲走啦！"小长在土堤上边跑边喊，"先生的蠢东西，活该被冲走，哎呀，蠢东西！"

我感觉鼻子里一热。

"活该！哇！"土堤之上，追着我的小舟，小长奔跑着，拖着哭腔叫喊着，"先生的蠢东西，哎呀，被冲走啦！被冲到海里啦！蠢东西！活该！哇！"

我不想说，这是一个三年级小学生的情感表达。也无须赘述，这一天是周六，这个时间学校正在上课。——我没有被水流带到海里。在一叉河附近，房哥儿的船截住了我，把我平安地拖回了蒸汽河岸。

有一天——算了，我就不再复述这些无聊之事了。当我彻底丢弃了对她的怜惜、真情和抚慰，像顽童们一样，真正把她看作是一条青啪咔时，她才第一次对我不再抗拒。最终她服从了我的棹子和船桨，这就是我想记述的事情。

沙子和石榴

运河旁的洋杂货店美园家的儿子成亲了。儿子名叫五郎，二十四岁，町里人都叫他小五君。媳妇名叫结子，二十一岁。听说娘家是在这座町上游大概四公里的一户姓筱咲的人家，是一户大地主。

五郎老实巴交。身高五尺一寸上下，脸颊苍白瘦削，好啃手指甲。家中有三口人，他和他父亲，还有一个十二岁的妹妹。他还有一个姐姐，不过多年以前嫁到了外地，已经和婆家人一起搬去了北海道。母亲长年身患肾病，这年夏天去世了，也是因此才这样急火火地提前筹办了五郎的婚事。

婚礼相当隆重。婚宴在山口屋的大厅举行，受邀来客有二十余人，町长领衔，清一色都是被尊称为"老爷"的人，据说礼品盒里装的都是从眼到尾长度为一尺二寸的鲷鱼。消防班长鳄久并不在邀请之列，气得一肚子火，喝了个烂醉，然后抱着消防塔楼撒酒疯。

"我要砸了那个宴会！"听说当时鳄久喊叫着，"看我爬上去，爬到顶，看我敲警钟，都给我瞧好了！"

"谁也别拦着我啊，都给我滚开！"他又叫道，"我这就把钟敲响，把宴会搞砸，把整个町搞个底朝天！"

谁也没去阻拦他。浦粕绝对不会有那种多管闲事的人，半道跑上去打断这出好戏。众人围观鳄久，有的捧腹大笑，有的煽风点火。鳄久使出吃奶的力气想要爬上梯子，但爬个三两步就哧溜哧溜地滑下来，再爬三两步又滑下来，这样一来他愈发怒不可遏。

"玩我是吧？"他喊叫道，"给我等着！"

他还不死心，继续拼命爬着，但无论如何也就只能爬两三步。

"停下！"他一只手往旁边一摆，像是要把什么轰走似的，"不停下，混账东西，看我教训你们！"

随后他便精疲力竭，胳膊钩挂在梯子的横杆上，整个身子扑倒在梯子上睡着了，他的老婆和女儿闻讯赶来，把他领回家去了。

就这样，山口屋的婚宴平安无事地结束了，五郎和新娘子比客人们先行回家。——至此，五郎的命运灿若桃花。他自己虽然只上到了高小，但新娘子却是东京女子学校毕业的。他一脸寒酸相，其貌不扬，与这形成鲜明对比的是新娘子不仅人长得十分标致，而且自带一种毕业于东京女子学校的自豪感。五郎一定为自己的幸运而喜不自胜吧。就像是在幕后等候首次登台的演员，兴奋和惶恐让他心潮澎湃，可是——命运在这一刻收回了笑容，其所作所为就如同对着五郎扮了一个鬼脸。

进入婚房，新娘子便在自己的寝具四周撒上了一圈沙子。沙子装在一个编织细密的麻袋里，一看就是有备而来。新娘子结子收紧袋口，从枕头边开始向左转圈筑起一道沙垒。五郎一脸诧异地看着，沙线完成，那条线把寝具围在当中，自己新过门的新娘子躺到了里面，之后他依然大惑不解。

　　"这是怎么回事？"五郎试探着问，"是某种法事吗？"

　　"不是什么法事。"新娘子回答说，"家里人说了，母亲丧期未满，就必须这样睡。"

　　五郎略微想了想，温柔地问："请问是何时故去了？"

　　"谁呀？"新娘子反问道。

　　"'母亲'呀，你刚才不是说'母亲丧期未满'吗？"

　　"噢。"新娘子用东京女子学校毕业生的腔调打断了五郎的话，盯着五郎，正色说道，"我母亲难道不是出席了仪式，参加了宴会，和我们一起到这里来的吗？"

　　"啊，是呀。"五郎说。

　　"我母亲的身子骨你也看到了，很硬朗的呀。"

　　"抱歉，"五郎说道，"原来你说的是我母亲。"

　　"晚安。"新娘子说。

　　"晚安，"五郎说道，"谢谢你。"

　　能够想到自己亡故的母亲，确实应该表示感谢，但是服丧这种事只在传说故事里听到过，而且在寝具周围筑起一道沙子的马其诺防线，这件事本身就让人有一种阴森森的感觉，五郎多多少少感到有些败兴。

"真有这种说法吗?"

五郎将信将疑。然而这件事涉及男女私密之事,自然不能去询问父亲或好朋友。就这样趁有一天结子回娘家,他去拜访了寺院的住持。在浦粕町的东北偏东方向,大约三公里处的田圃中央有一座大松寺,住持据说是某所宗教大学出来的"知识分子"。

"这种事情闻所未闻啊,"住持露出笑容,回答说,"也可能是我孤陋寡闻吧。不过,这不挺好的吗?"

"在睡觉的地方周围撒沙子,这种习俗您听说过吗?"

"没有哎,很瘆人啊。"主持答道,"像那样在睡榻周围撒上一圈沙子,听上去就让人毛骨悚然啊,不过,这不是挺好的吗?"

五郎有些火起,反问"什么挺好"。于是主持掰着指头算了算日子:"还有二十天左右令堂的丧期就结束了,因为只需要等大概二十天,所以'不是挺好的吗'。"

"原来是这么回事。"五郎明白了,"那么丧期就是七十五天喽?"

"时间有长有短,有种说法是逝者的魂魄会在门前徘徊七十五天,七十五天是最常见的情况。"

五郎道谢,回到了家里。

经过准确地计算,发现距离丧期结束还有十九天。这段时间也不是等不得,五郎为了转移注意力,便把全部精力都投入工作当中。结子似乎还没有适应干家务活儿,厨艺也不精,扫地擦地洗洗涮涮浪费的时间倒是不少,结果也是一塌糊涂。五郎的妹妹已经十二岁了,比家里的男人更在意这些事,她常常对父亲和哥哥说嫂子的不是。

"家里的活儿不会干可以去店里呀。"妹妹说，"哥哥，她为什么不去店里？"

"别废话，少管闲事。"五郎训斥道，"她才嫁过来，能马上就什么都干得好吗？你要是嫁出去，一开始肯定也是笨手笨脚。大家都是这么慢慢习惯的，走着瞧吧，小妮子！"

结子每晚依旧在寝具周围撒沙做墙。她渐渐变得少言寡语，脸色也暗淡了，总是一副疲惫不堪的样子，动作看上去也很沉重，有气无力，而且晚上睡眠也越来越不踏实。

——看来服丧对她自己也是很重的负担啊！

五郎这样猜测，心里计算着日历只剩下三页了。就这样，到了第三页日历被撕下，也就是第七十六天的晚上，当五郎看到结子一如既往地在寝具周围做沙墙，顿时有了一种自己被人耍弄了的感觉。

——丧期昨天就已经结束了呀。

心里这样想着，话没有出口，五郎又把它咽了回去，一股子类似于"男人的倔强"的拗劲儿突然涌上心头。"随她的便吧。"他在肚子里大吼大叫。"各管各的吧，关我屁事！"他还在肚子里大声喊道。

第七十七天晚上一切照旧，又过了一天依旧没有任何变化，夜夜都有沙墙。就这样，五郎喝起了啤酒。与美园隔着四栋房子，有一家名叫四丁目的西式餐馆，挂在门前的门帘上虽然只写着"御洋食"几个字，但当地人都管它叫四丁目，它的风格与蒸汽河岸的根户川亭截然不同，据说能提供正宗的西餐。老板一副西餐大厨的打扮，穿着白色罩衣，围着围裙，头戴一顶蘑菇形的白色厨师帽，两名女服务员也规规矩矩地系着围裙。只要有客人喝多了闹事，老板大厨就会出来把他们提溜出去，也可能是由于这个原因，那些社会小哥儿基本都不上这儿来。五郎就是去这家四丁目喝酒，而且是每天晚上自家店一打烊，立马就去喝。

这种状态并没有持续太久。大概是在丧期结束的第六十天，结子返回了娘家筱咲家。出门的时候说的是去去就回，结果一去不返。三天之后媒人来了，说是家风不合，要离婚，这让五郎和五郎的父亲目瞪口呆。问起这话是谁说的，媒人回答说，是媳妇结子这么说的。

"这话岂不是说颠倒了吗?"五郎的父亲说道，"要说家风不合，也应该是由我们家来说，哪有女方说什么'家风不合'的道理，这个理由恕不接受。"

媒人点头称是，便回去了，之后两家之间又如此往来数次，最后五郎家以"因家风不合提请离婚"为名，正式决定离婚，连结子的东西也如数还给了筱咲家。

町里人，尤其是五郎的朋友都觉得这婚离得不可思议。原本朋友们对这桩婚事很是羡慕嫉妒，甚至因此疏远了五郎。显然，娶到一个相貌标致，又毕业于东京女子学校的新娘子，大大刺激了这些平头百姓，可是不到半年时间就离婚了，让曾经的羡慕嫉妒，一下子变成了匪夷所思和猎奇心理。

"究竟是怎么一回事?"朋友们都问五郎，"女校毕业，又那么漂亮，出什么事了?"

五郎难以启齿："其实也没什么大不了的事，那个人以后也会嫁人的，真的没什么事。"

朋友们轮番上阵再三追问，又去附近打听小道消息，力气没有白费，终于拿到了顶级情报。是一个去筱咲贩卖扇贝的女人透露的：结子是因为五郎不是真男人才回去的。相处了百十来天，一次床笫之事都没有过。听说是结子亲口说的，因为男人那方面不中用，所以才离婚回了娘家。

这种闲话不论放到哪儿都是一传十十传百，更别说在浦粞了，这是喜闻乐见的特大新闻，转瞬之间就在少男少女中间传开了。这些半大小子和姑娘们路过五郎家店门前的时候，都会齐声叫唤：

"美园家连幡子都立不起来！"

这条街道上的商店，都会在店铺旁边立一根幡子，但美园的店名是印在当啷（这是一块挂在店门口的遮阳帷幔，到了傍晚就卷上去，早晨再松开绳扣放下来，放帷幔的时候会发出"当啷"的响声，于是孩子们就这么称呼了）上面，所以才没有立幡子。他们以此取笑五郎，大吵大闹地起哄。

五郎一直都被蒙在鼓里。还是他父亲先有耳闻，怒气冲冲地质问五郎。五郎五雷轰顶，一时语塞。居然这样造谣，太可恶了，他气得一把鼻涕一把泪，因为难为情，让他话都说不利索了，磕磕巴巴地把"沙垒"的事告诉了他父亲。

"你也太照顾她了。"温和宽厚的父亲说道，"沙子做的，又不是堆得一丈高，为什么不给她踢到一边去？"

"父亲您是没有看见。"五郎回答说，"在寝具周围撒了一圈沙子，看着像驱鬼似的，可吓人了。"

父亲想了想，但并没有觉得有什么可怕。

"不过是些沙子罢了，害怕沙子还怎么去海边？"父亲说，"丧期已满还撒沙子，就是在等你去踢开，你怎么这点儿眼色都没有？"

五郎默不作声。

五郎父亲得知事情真相之后，马上开始寻找新媳妇。在他看来，如果不趁早娶亲给筱咲家一点颜色看看，那么不仅关乎五郎的名誉，也事关美园的招牌。

不过，那可是个顶级的特大新闻，满城风雨，深入人心。没有父母会把闺女嫁给一个"连幡子都立不起来"的小子。这段时间，五郎和朋友们争论不休，结论就是如果小五君说的是真的，那么就应该试试看他到底中不中用，于是这些朋友把五郎带去了东京一处烟花柳巷。当然开销都算在小五君头上，完事之后，朋友们拉住那个花枝招展的小姐，从头到尾仔细盘问。

可是回到浦粕以后，朋友们却觉得难以置信。

"两个钟头啊，你们想想。"一个人说道，"就算是头一次，幡子也不能立起来三次吧？"

"被收买了呗。"另一个人说道，"用钱封了那个女人的口。"

我作为笔者，亲耳听到这段对话。地点就在蒸汽河岸的浦粕亭，当时我正在和三十六号船的留君喝啤酒，那三个年轻人就坐在隔壁桌，喝着烧酒聊着天。

接下来这个流言又要传开了啊。我这么想着，为五郎感到难过。

之前那些事，都是浦粝首屈一指的老爷——高品君——告诉我的。高品君之所以知道这些事，是因为五郎的父亲想在结子走后尽快给儿子娶个妻子，为此曾造访过高品君的本家，将前前后后的事如实相告。——果不其然，"被收买了"的流言迅速传遍了整个町，而他父亲找儿媳妇找得更下功夫了。流言蜚语一波未平一波又起，不知道五郎这一天天都是怎么过的。不过偶尔这世上的真真假假也有水落石出的时候，而这种罕见的情况就让我们遇到了。

救星是五郎的姐姐。姐姐收到父亲的来信后，带着一个姑娘从北海道长途跋涉回来了。这个姑娘虽然个头不高，但是看上去身体健康，相貌甚至比结子更胜一筹。女子技校辍学，年纪也比结子小两岁。

五郎和她结婚了。婚礼和婚宴的隆重程度丝毫不逊于第一次。这次连消防班长鳄久也请来了，据说他在酒宴上喝得半醉半醒，还为之前的失态赔礼道歉了。五郎这次也用心良苦，仪式结束两天后，他把朋友们请到了自己家中，让新婚妻子亲自下厨招待他们，不仅如此，一个星期之后，他又邀请其中三人到四丁目喝啤酒，还请他们吃牛排和鸡肉沙拉，其间频频劝酒，压低声音对那几个人说道：

"我可算开了眼了。"五郎意味深长地给三人使了个眼色，"就跟刚裂开口的石榴一个样。"

三人愣了愣神，随后猛地爆发出一阵狂笑，其中一个叫安哥儿的，还拼命敲打着桌子发出怪叫。

五郎结婚之后不久，筱咲家也把结子嫁到了东京。一年以后，就在五郎的新妻子刚刚诞下女儿的时候，结子又回娘家了。这次是小住还是又离婚了，不得而知，之后也没有听到过有关传闻了。

人靠什么活

我正在石灰工厂下游钓鱼。

一叉河上游不远的地方，就是一望无际的百万坪荒地，早春和煦的风掠过那片荒地吹拂而来。太阳温暖，根户川的水略微有些混浊，不时泛起些许涟漪。

我钓起了一条鰕虎鱼。这时一个男人从土堤上下来，紧挨着我开始钓鱼。我决定换个地方。我都是胡乱钓着玩，鱼竿是一根孩子用的便宜货，也不计算浮漂下的深度，专门挑岸边桩子附近，或是水草背阴的地方下钩。就这样也能钓上来一些当天吃的小菜，不过旁边来了一个行家里手模样的人，这让我很为难。因为这个人不仅带了好几根昂贵的并继竿，而且还带有鱼篓、饵箧，再到帽子、衣服和鞋子，钓鱼用具一应俱全。再者，倘若我这样用便宜货、连浮标都不计算的人钓到了鱼，而那个行家里手模样的人一条都没钓到的话，我对他还会有一种良心上的愧疚感。

这种情况并不少见，因此我已经养成了习惯，旁边一来人我就换地方。然而后来我并没有换成地方。我还没来得及收回钓竿，旁边刚开始钓鱼的那人忽然向我搭话：

"人靠什么活?"

我转过脸看着他。

"人,"那个男人重复了一遍,"靠什么活?"

那个男人五十来岁,棉袄外面套着棉坎肩,脏兮兮的毛线围巾围了一圈又一圈,从头一直到脖子。看长相并不认识,脸上的肉很敦实,两颊胡茬斑白,嘴唇肥厚,目光锐利,不怒自威,像是哪家建筑公司工地上的监工。

"你说什么?"我反问道。

我原以为他搭话是要聊聊钓鱼。做梦也没想到在这个场合,竟然有人开口讨教如此深远的人生问题,甚至可以说是一个哲学命题。

那个男人看我的眼神就好像是在看一个正在磨洋工的工人,然后他又一字一顿,清清楚楚地重复了一遍。说起来可能难以置信,后来的情况其实是这样的:男人猛然向我伸出了右拳。我感觉不妙,身体向后一仰,男人上下晃动着伸出的拳头。这动作像是在说"快看",我定睛观察这个拳头,只见拇指从攥住的中指和食指中间探出头来。这当然是真事,就算不是,当时我的惊慌和恐惧也可想而知。我有些发蒙,不知道这是在开玩笑,还是这个男人脑子有毛病。

怎么办?男人伸着拳头,眼珠子死死地瞪着我。似乎不是在闹着玩,如何是好?我十分尴尬地微笑了一下,含混不清地挤出一声"呀",然后使劲向他点了点头。

是领会我的意思了吗?还是不打算再继续下去了?男人面无

表情地放下拳头，一言不发地继续钓鱼去了。

一天晚上，我在蒸汽河岸的高品君家的火炉旁，说起了那个男人。高品君的本家坐落于一个名叫"十台岛"的小字①，那是一栋一町②见方的宅邸，被密密层层的树林环绕，他家祖上据说是浦粕町的开拓者。高品家的长子，也就是我的朋友柾三君，和夫人琴两个人住在蒸汽河岸，经营着东湾汽船码头。就是船身涂成白色的那家通船，高品家是大股东。柾三君毕业于 W 大学，在东京日本桥一家叫《中·商》的商业报社就职，码头的事务由琴夫人和女佣理纪小姐打理。每到晚上，通船的船员和年轻的渔夫常常会到这里来。

这里的房子虽然不大，但宽大的地炉里无时无刻不生着火，琴夫人生在浅草长在浅草，性格爽朗，对所有人都一视同仁，为人慷慨，一副热心肠。柾三君大气稳重，有长者之风，可能是因为没有孩子，喜欢人多热闹，经常拿出酒来招待大家。前文也提到过，我也是承蒙柾三君照顾，才能给《中·商》报写童话挣稿费。

当晚听到我问，秋屋轮机员从围坐炉边的船员中抬起了头。

"说的是兵曹长吧。"秋屋轮机员说道，"又从医院回来了啊。"

听到我的疑问，柾三君回答说：

"疯倒是没疯，但脑子有些不正常。他爱人和四个孩子死了以后，脑子就开始有些问题了，天天往町公所的兵事科跑，要抚恤金和退休金。"

---

① 小字，行政区划，相当于巷子、间。
② 町，约合 109 米。

我又提出疑问。

"不是海军。"大伍船长说，"好像是在陆军当辎重兵，之后当过建筑工，在罐头厂上过班，还跑过运输，每天送紫菜，那得是多少年以前的事了呀。"

"七年前了。"秋屋轮机员说道，"那年幸山船长收回船不干了，就是大蝶丸在暴风雨的时候遇上大浪，在大三角搁浅之后的事。"

那时起兵曹长就外出打工去了。他的真名叫SASAYAN，可能是写作"左三郎"，至于打工去了什么地方，做了什么工作，我现在已经想不起来了。就在他外出期间，妻子和四个孩子暴毙而亡。记得当时听人说是痢疾，但联系不上左三郎，没有别的办法，只能等他打工回来。

"他这个人特别疼孩子。"高品君说道，"回来之后听说这件事，一下子像是丢了魂儿，半个来月都失魂落魄的。"

之后他便跑去町公所，对兵事科这样说道：

"我是海军的兵曹长，退休金和抚恤金到了吗，通知下来了吗?"

兵事科以为他在开玩笑，就回答说还没到。然后左三郎歪着脑袋，说了句还会来的，就离开了公所。他在一个叫根小屋的地方还有一个婶婶，这个婶婶过来照顾他，每月五日，他就会对婶婶说他要去领退休金和抚恤金，然后就跑去町公所。他的婶婶找去了町公所，讲述了前因后果，兵事科也明白了，于是只要左三郎露面，就回答说通知还没下来。每次左三郎都是一脸不解，若有所思地歪歪脑袋，从不发牢骚，也不胡搅蛮缠，说句下次再来就回去了。听说只有一次，他批评海军军部玩忽职守，警告说让他的妻子孩子五个人都战死了，也不好好地发放退休金和抚恤金，可不是什么值得肯定的事，以这种作风，"三一五事件还会再次爆发的"。

"就是从那以后，他开始说'人靠什么活'。"高品君说，"我也碰上过一次，正在路上走着，突然被他拦住去路，把拳头伸到我面前，嘴里念念有词，虽然知道他脑子有毛病，但还是吓了一跳。"

聆听众人讲述之后，甚至回到自己家中之后，我都在为左三郎这何等悲惨的命运而心中作痛。

"人靠什么活?"

我默念着。这句话是学不来的，语法也混乱。但这却是一个一下子失去了妻子和四个孩子的男人说出来的话。

左三郎曾三次住院。据说都是因为他突然狂躁伤人，但他一进医院就变得很温和，与正常人无二，所以两三个月之后就让他出院了。他在町里走动时，只要不骂他、取笑他，他就不会发作。

没人知道他为什么会突然觉得自己是兵曹长。另外还有一个绰号"赤马"的男人，脑子也有问题，这个人才是真正退役的兵曹长，但是这个男人回到浦粕之前，左三郎就已经不正常了，而且以前他们俩也并不相识。不过，不论这其中有没有因果关系，有两个脑子不正常的兵曹长，对于町里的人来说，这似乎强烈地暗示着什么。

我只见过左三郎一次。时至今日一想到他的那种撕心裂肺的悲楚，我仍能感到阵阵心痛，可是，那伸出的拳头和奇怪的握拳姿势到底意味着什么，依然让我百思不得其解。

繁亚音

　　我把青舟划入两叉河，沿着细流行驶了大约两百米，在河边一处绿柳依依的地方系住船，放下鱼竿。那是三月伊始的一天，天色阴霾，没有一丝风，浅浅的河道里的水经过沉淀变得分外澄澈，水当然是流动的，但看上去就如同静止一般。

　　我放下竿，然后悠然地在青舟里坐起身，掏出烟点着了火。

　　这里基本位于百万坪的正中央。远远的北边，町里家家户户的房屋密密麻麻地平铺开来，贝壳罐头工厂和石灰工厂喷出的烟尘，笔直而缓慢地朝着被云彩遮住的天空升腾（我曾在笔记本上写过一个乏味的比喻："烟就像一根从下往上越来越细的棍子。"），从町的东北方尽头向东的荒地里有一条路，路边虬枝盘曲的小松树一直连缀到海边的弁天神社。听说这个地方不长松树，有人说这是"运河的三棵松只剩下一棵的报应"，确实，除了芳老头家旁边，运河边上的那棵老松，再没见过一棵像样的松树。那排蜿蜒的松树两旁，遍地都是干枯的芦苇荡，那附近都是沼泽和湿地，据说住着水獭和黄鼠狼，我也见过几次水獭，也曾盘算着逮几只去毛皮商那里换钱，在这里就不细说了。我抽着烟，一边留心有没有黑水鸡从芦苇荡里飞出来。黑水鸡这种鸟，在我的住处也常常能够见到。我面向书案看到它打窗户正对面飞来，黑底白斑点的翅膀和红色的脚一看就能认出是黑水鸡。听人说野禽当中属它的肉质最为鲜美，抓它的目的自然不同于抓水獭，我一直惦摸着捉一只，但从来没有得手过。或许是心中郁愤难消，因而即使距离再远，只要是黑水鸡，我一眼就能认出来。

"是蒸汽河岸先生吗？"一个声音传来，"在钓鱼吗？"

我吃惊地回过头。找了一圈也没看见人影，方才被这么突然叫了一声，回头的时候把烟弄掉了，我正盘着腿，结果就掉在了两个膝盖之间，不得不慌慌张张地拍打大腿小腿，揉蹭衣服，把烟捡起来扔掉。叫我的是繁亚音，十二三岁，我回过头，只见她面带微笑地站在岸边，又问了我一遍。

我没有回答，问她来干什么。

"遛遛腿儿，"繁亚音回答说，"就是来遛遛腿儿的。"

我又问她怎么一个人来。

"你不知道我一直是一个人吗？"

"妹妹呢？"

"亚麻吗？"小姑娘抽了抽鼻子，"她在坟地睡觉呢。"

"那会被黄鼠狼咬的呀。"

"真无聊啊！"

小繁蜷缩着肩膀，蹲在了地上。与此同时，脏兮兮满是补丁的下摆开裂了，白色的大腿直到臀部都裸露了出来，我慌忙把视线移开。

繁亚音是整座町公认的最肮脏的女孩。要饭的小娘们儿；没有父母，无家可归；在坟地吃供品的小崽子：说的都是小繁。她浑身上下都是脓包，而且因为胸口的肿块化脓了，衣服粘在了身上，脱不下来。她总是睡在紫菜晾晒小屋、杂货屋、日堆场之类的地方。从来没有洗过澡，也不洗脸。身上除了虱子就是跳蚤。没有亲戚，更没有玩伴，这就是小繁。

我绝对没有夸张。我很早以前就认识她，在路上遇到还经常打招呼。她总是满身污垢，走近之后臭不可闻。但未曾想到，她身体的一部分居然如此美丽。两条大腿饱满紧实，肌肤光滑，像是即将要告别少女时代。小腿肚同样纤细而圆润，白皙的流光从膝头直抵脚踝。不得不说，这是只有人体的生长发育才能塑造出来的神圣美感，哪怕描绘得再直白，也不会让人感觉到半点淫邪。虽然只有短短的一瞬，但这种美却深深地打动了我。

前一年，小繁和妹妹两人被父母遗弃了。那时妹妹刚过百天。

小繁的父亲叫源太，是钓船的船老大。源太是响当当的钓鲈鱼高手，论起钓鲈鱼，没有一个渔夫能和他相提并论。有一年某县的知事来到这里，坐源太的船钓鲈鱼。那位知事曾经是某省的大臣，因擅长钓鱼和写俳句而颇有名气，他和源太一见如故，于是就买了一艘机械船——安装了发动机的钓船——送给了源太。有句话可以很准确地形容源太钓鲈鱼的高超水平。

"走，"他去钓鱼的时候都会这么说，"去不去捡鲈鱼？"

有了机械船就可以自己做买卖了。之前他一直在一家叫"松岛"的船宿打工，从那之后便自立门户，客人也是络绎不绝。现在的他住在大杂院里，还干不了船宿，但是再过两年这个愿望看起来肯定可以实现。然而就在这个时候，祸从天降。一天早晨，他在第五航道标附近的海面钓鱼。那天大雾弥漫，能见度不足十米，这时从雾气中驶来一艘大型机械船。从越来越近的汽笛声可以清楚地判断出，那艘船正穿过浓雾，笔直地向这边驶来。

"喂!"源太喊道，"这里有船，拜托啦!"

从汽笛声能听出是大蝶丸。还好是大蝶丸。大蝶丸上的人应该都知道这附近是钓场，而钓场时时刻刻都有钓船。源太静静地等待两船相交。然而对方却直直地冲了过来，像是一把推开了雾气，出现在了源太眼前，巨大的船头撞上了源太机械船的船舷。

"喂!"源太叫道，"等一下!"

他的机械船被拦腰撞断，他被撞飞到了海里。等源太好不容易浮上水面，他的面前只剩下断掉的船头在波浪里起起伏伏。发动机所在的船尾已经沉没，大蝶丸也消失在了雾气之中，汽笛声渐行渐远。

船宿千本的忠哥儿发现了源太，把他救上船，送回了家。

"那片钓场深着呢。"忠哥儿听罢说道，"根本没法子把机器捞上来。"

然而并未提及大蝶丸。大蝶丸隶属于町里最大的罐头工厂，大蝶老爷可是町里屈指可数的头面人物。

"好。"源太暗暗发誓，"我一定要讨个说法。"

他立马动身前去交涉。但是大蝶压根儿没把他当回事。大蝶的扶原经理气定神闲地摇摇头，声称没那回事。

"大蝶丸去东京送罐头来着，三个钟头之前就回来了。"扶原经理不急不慢地说道，"那个船长很有两把刷子，从来没发生过那种事故，就算出事了也会如实汇报，《海事裁判法》都有规定，恁说的那种事是不可能的。"

"恁"和"汝""你"的意思差不多。源太怒气冲冲地跑去了派出所，然后从市警察署一直告到了县里的警察本部。但是无论哪里都没为他采取什么行动。

"有证据吗？"那些人问他，"如果你有确凿的证据证明是大蝶丸，我们就给你调查，没有证据的话，那就没办法了。"

源太说只要检查一下船就会真相大白。他说大蝶丸的船头应该还残留着撞船的痕迹。

"这些个机械船的船头啊，"那些人说的话都一模一样，"没有没撞过的，基本都带伤，如果有证据能证明是撞你的船撞伤的，那我们就给你调查。"

这样一番周折之后，市警察署终归是联系了浦粕町，让当地派出所的巡捕暂且去查查大蝶丸。那艘船年头不短，船头触水的部位伤痕无数，但没有一处能够明确证明是和源太的船撞击后留下的。船长也接受了讯问，但却断然否认。

"俺们当时就没有靠近过第五航道标。"船长回答说，"那会儿是给东京送完了罐头返航，直接从根户川河口进来的，问问船上的人就知道了。"

之后据说船长又这么说道："源太既然没完没了地说这件事，

那就去找管事的地方分个黑是黑白是白呗。"

源太一下子泄了气。

他能找的地方都找了。他连县里的警察本部都去过了，一介贫苦草民会被如何对待，他自己也都亲身经历过了。而船长有大蝶这个头面人物撑腰，就算去找管事的地方，结果也是可想而知。

源太开始酗酒。他现在搭乘堀东的助二郎的渔船出海，前脚打鱼回来，后脚就直奔酒馆。在一家叫"山城屋"的店里喝浑酒或是烧酒，用手拈着八宝咸菜下酒，喝得酩酊大醉之后再回家。——老婆和两个女儿住在杂院里那间连梁柱都歪了的屋子里。长女就是小繁，小女儿刚刚落生。源太一回家就骂骂咧咧，大吵大闹，妻女稍有反抗他就暴跳如雷，把她们往死里折磨。

"你们这群玩意儿也不是好东西！"他吼叫道，"就连你们也合起伙来欺负俺，要是不甘心就把老子的机械船给弄回来啊！"

"都给你们！"他又叫喊着，"这么稀罕俺们这种穷人的东西就都给你们！给，胳膊，腿，脑袋，都拿去！都给你们！"

如果没有回家，那一定是喝得烂醉如泥，这时他就会钻到消防水泵小屋里睡一觉。一整天都盼着当家的回家的妻女，就只能在夜深人静之后悄悄走出家门，去那些被叫作红火屋的小饭馆、四丁目或是蒸汽河岸名叫根户川亭的西餐馆的后门，搜寻一些剩菜剩饭，好歹把这一天对付过去。

就这样过了一段时间，源太的老婆跟一个年轻男人跑了。据说对方是罐头工厂的一个小杂工，比源太老婆小六岁，这一度成为街头巷尾人们津津乐道的话题。论年纪源太的老婆不过三十出头，和一个二十五六的男人搞到了一起，在浦粕町绝对算不上什么稀罕事，但是源太的老婆瘦小枯干，而且还掉发，这在女人当中实属罕见，嘴巴跟消防班长鳄久一样大，眼角还发红糜烂，满嘴的牙有一半不是残缺不全就是彻底脱落了。

——看上那婆娘哪儿了？

常言道"再老的女人也有人要"，但能下定决心跟那样的女人私奔，真是没见过世面。一听到这话，町里人都会笑个不停。

源太像是丢了魂，也不打鱼了，连酒都不喝了，成天蜷缩在屋子角落里，对婴儿哭叫也是充耳不闻，从早上躺到晚上，呆呆地盯着墙和屋顶。

一天，源太来山城屋喝酒。他赊在助二郎的账上，大口吞着烧酒，不知道喝了多少。"让你跑！"醉醺醺的源太脸色煞白，边笑边叫，"能跑多远跑多远，哈哈，我这就去把你们俩抓住，烧死你们俩。"

就这样，源太也跑了。

小繁和还在吃奶的妹妹，就这样被父母抛弃了。

町里没有人愿意收留这对姐妹。小繁在这样的环境中生存，十分好斗。由于从父母那里遗传了疾病，她身上不停地长肿疙瘩，肿疙瘩与汗液、污垢的气味混合在了一起，臭得让人无法近身。

按道理町公所应该照顾她们俩，但实际上町公所什么都没有做，或者正确的说法是爱莫能助。小繁从不靠近公所，只是在红火屋、西式餐馆后面游荡，或者是去偷吃坟地的供品，到了晚上，就在紫菜晾晒小屋、消防水泵小屋或是什么地方的杂货屋，随便找个地方睡觉。没人知道她怎么养活还没断奶的妹妹，但婴儿看上去长得很壮实。——小繁行踪不定。天还黑着，有时凌晨三点左右，正在赶往南边海滩捡拾紫菜的渔夫，在百万坪荒地的正中央，遇到了背着妹妹的小繁。

"啊呀！"渔夫一蹦三尺高，"吓俺一跳啊，这不是繁亚音吗？这个时候你在这儿干吗呢？"

小繁迎着渔夫手提灯的灯光，恶狠狠地翻了个白眼。

"滚开。"女孩说道，"捡个紫菜比我们去得还早。"

有些时候，小繁会在消防水泵小屋旁边给满身污垢的妹妹把尿，或是悄无声息地从町里一排排房屋后面穿过，有的晚上还会有年轻的渔夫在日堆场背人的地方撞见小繁，然后惊慌失措地和同来的姑娘再去找其他地方。哪里都找不到繁亚音，但她却又无处不在。

"喂！"孩子们起哄，"小繁又在吃坟地里的东西了！腌——臜！腌——臜！"

"腌臜"相当于东京附近所说的污脏或是污臜，类似于"肮脏"的意思。只见小繁把妹妹往坟地里一放，纵身跳到孩子们面前。

"闭上狗嘴，阿吉！"小繁反击道，"吃坟地里的东西算什么，你的老娘才腌臜，她和中堀的巳之哥儿搞到了一起，半夜跑到晒紫菜的小屋睡觉，让俺看见了，你不信就去田岛的晒屋看看，两人睡的时候你娘叫得就像被踩着尾巴的狗，你们才是腌臜！"

接着就一脸鄙夷似的啐了一口。如果再敢嘲笑她，小繁可不管三七二十一，立马就张牙舞爪地扑上前去，把对方打翻在地。脸颊和胳膊上挂着小繁牙印和抓痕的孩子，可不止两三个人。

这就是繁亚音。但是这个躯体正在从内而外地创造一个崭新的她。那映入我眼帘的美丽部位当中，似乎有一种成长的生命正在像脉搏一样跳动。——没错，还有些孩子气的腰身显现出了几分圆润，平坦的胸口也似有些许鼓胀。野性十足又好斗的眼睛里浮现盈盈波光，薄薄的嘴唇红润而生气勃勃。她有时背着妹妹大步流星地四处游逛，有时又很疲惫似的坐在草地上，把同胞妹妹扔在旁边，无精打采地盯着什么地方出神，似乎连妹妹的哭声都听不见。如今，那从深不可测的地方传来的微乎其微的生命的低吟，仿佛正要把她从沉睡中唤醒。

"啊，无聊啊。"繁亚音说道，"看了好半天都没钓上来，俺要走了。"

我又点上了一支烟。

"先生水平真差。"小繁一边起身一边说，"俺还没见过钓鱼钓得这么差劲的人呢。"

我默不作声地望着沼泽。聆听着小繁渐渐远去的脚步声，不一会儿，传来了她唱儿歌的声音。

"对面山里鸣叫的鸟呀，是雀鸟还是鹏鸟？源三郎带来了什么礼物呀，带来了金簪子……"

土堤之春

在二月的第一个午日傍晚七时许，蒸汽河岸先生在窗边伏案写稿。隔着田圃，从町上传来起起伏伏、忽而停顿忽而急促的鼓声和笛声。先生面带微笑喃喃自语，似乎对写好的历史剧台词甚是满意。

安倍晴明（挺着胸）："在下博士安倍晴明是也。"

弘高（伸出一只手）："神明眷顾于汝。"（大步流星地离去）

他出声吟诵，随后望着架在火炉上的锅子。锅里的鲫鱼酱汤发出咕嘟咕嘟的响声，汤汁与河鱼的香气交相融汇，从锅盖的缝隙中弥漫开来。

喧闹的人声渐渐靠近，从蒸汽河岸来到了土堤上。先生又拿起笔。随着人声愈近，他听出那是孩子们的声音，忽然他们唱了起来：

"大劝化，大劝化，稻荷神大劝化！"

他们走到能够俯视先生屋子的地方，在土堤上接着唱道：

"蒸年糕和炸豆腐，从炸豆腐的台上掉下来，红色磕破了皮，拿出膏药钱啊膏药钱！"

先生在桌子前一动不动。只听得孩子们在土堤上议论纷纷。

"在呢在呢，"有人说，"你们看，亮着灯呢。"

他们又不知道讨论了什么，然后齐声唱了起来，声音比刚才更加洪亮，更富诱惑力。歌词当然还是一样，先生尽量屏息缄口。之后他们中间传来船宿千本家的小长的吆喝声：

"先生，给个一百两百的就行！"

先生暗自发笑，当时先生囊中羞涩，根本无力负担这种布施，先生咬紧牙关，一声不吭。而后，千本的小长做出了让步，叫道："先生，不用给钱，蜜橘或饼子就行！"

然后突然鸦雀无声。先生眼前似乎浮现出了孩子们一边凝望着灯火通明的窗户，一边静候回音的一张张面孔。

"走啦走啦，"其他孩子说道，"先生肯定跑到根户川亭喝酒去了。"

"别推！"是小长的声音，"说了别推——再推收拾你们了啊！"

他们吵吵嚷嚷地折回蒸汽河岸那边去了。先生躲过一劫，长出一口气，两肘支在桌了上，用手撑着额头闭目养神。

"大劝化，大劝化，"歌声向着河的下游渐行渐远，"稻荷神大劝化，蒸年糕和炸豆腐，从炸豆腐的台上掉下来……"

土堤之夏

　　我沿着土堤，抱着硕大的写生本和铅笔盒，头戴一顶薄木片遮阳帽，走在回家的路上。这是去冲之百万坪写生归来。被汗水浸透了的洗褪色了的单衣粘在了身上，如果不把衣襟掖在腰带上，那么走起路来就别别扭扭。常言道，大暑三日，就连女人的臀部和猫的鼻子都是热乎的。抱歉，这个比喻虽然不太文雅，但我记得那天或许就是这"三日"当中的一日。我饥肠辘辘，累得上气不接下气，行走在夕阳炙晒之下。

　　土堤右侧下方，就是那排被称作红火屋的小饭馆，经过那里之后是一片空地，然后就能看见我那栋忧郁孤独的房子。刚走到那儿，就听见一个女人的声音在呼唤我。

　　"蒸汽河岸先生哟！"那个声音说道，"干什么去了呀？"

　　我循声望去。

　　声音来自土堤左侧下方，也就是根户川，只见河里有三个女人对着我笑。是红火屋的女人们，三人全都一丝不挂。我的瞳孔自动放大，在眼睛和对象物之间铺开了一张保护膜，但即便如此，她们结实的肉体，那发达的、魅惑的，甚至可以说是亵渎神明的圆润与丰满，依然紧紧地攥住了我的视线。

——这时候绝对不能避开视线。

对此我一清二楚。避开视线，会比盯着看更龌龊。我曾见到有外地旅客行经此处，目睹了相同光景，大惊失色地把脸撇向一旁，结果这群女人顿时欢声雷动，对着旅客一通嘲弄。

她们号称是因为生意不景气，"连洗澡的钱都没有了"，所以除了隆冬时节，都会去河里洗头甚至洗澡。土堤上人来人往，河道里通船、啪咔舟川流不息。可是她们非但没有丝毫忸怩，反而伸展、扭动身体，做出夸张的动作，释放着耀眼的野性诱惑。但凡是当地人，都绝不会有半点惊讶或羞赧。年轻的渔夫和通船的水手们甚至会把船紧挨着她们停下，坦荡荡地同她们交谈。

"喂，小花，是不是漂亮了？"

"开什么玩笑，真会说笑，哥儿。"

"没骗你，是真的漂亮了。"

"别只看脸，要看这里，这里呀。"

而后她们便用湿答答的手拍打前腰附近，类似的场景大家早已司空见惯。对于这种事，有一次三十六号船的嘟噜船长，意味深长地眨巴着他那双几近失明的眼睛，一针见血地补充道：

"那可不只是因为没钱洗澡，也是为了揽客。"

说这话时，嘟噜君眯缝着几乎看不见东西的眼睛，似乎是在搜寻着远方的什么东西，赘肉丛生、皱纹密布的脸上，或者说是在那张脸皮的下面，荡漾着若有似无的轻笑。

在河里向我打招呼的是小饭馆若松的女人们。最年轻的小辰据说是从外面归国，我在运河边写生的时候曾与我攀谈，之后只要见面都会打招呼。

"又去画画了吗？"小辰问道，"这种事有什么意思，老是干这种事脑子会坏掉的呀。"

"是哪儿不舒服吧？"旁边的女人一边往肚子上撩着水一边说道，"面无表情的一张脸，喂，先生也是个男人嘛，偶尔也要玩一玩，不然身体就倦了。"

我没听懂什么意思，但还是回答说已经倦了。接着三个人娇声大作，小辰搂住了旁边的女人，另一个人冲我撩着水，叫着"先生"。

"晚上找你去呀！"我迈步离去时，听见小辰在身后喊道，"不要锁门，等我呀！"

当然谁也没有来，不过那几日我确乎感觉自己的身体倦了，有时心情也没有那么畅快。

土堤之秋

十月下旬的一个黄昏，一个年轻人坐在土堤的斜坡下哭泣。

斜坡上芳草萋萋，过路的人是看不到他的。西风正紧，不停地吹刮着茂密的草丛，每一阵风过，枯萎的茶褐色草穗就会急促地触碰年轻人的和服。笼罩天空的层云镶了一条金边，强烈的光芒把土堤上方照得透亮，但斜坡这一侧却已然沉浸在黄昏冷寂的青灰色之中了。

年轻人两手搭在蜷起的膝头上，手指垂放膝下，一只手时不时地抹着眼睛。忽然重重地叹了一口气，就好像脖子折了一样耷拉着脑袋，他摇了摇头，又抹了把眼睛。

浸染着层云边缘的耀眼的金色，变成了艳丽的赤红，而后成了牡丹色，不久成了绛紫，唯独中天一朵孤零零的云彩，仿佛汇聚了所有残照，刹那之间闪耀着绚烂的橙色，不过眼见着也褪去了颜色，徐徐黯淡，变成了鼠灰色，融入了清透的铸铁色般的天空。土堤上也渐渐昏暗，偶有往来人群，看上去也像剪影一般虚无缥缈，一团漆黑。

斜坡这一侧由于反射的是东方的天空，反而显得更亮。但较之方才，天色愈暗，在风中摇曳的草丛也完全失去了阴影和鲜艳的色彩，全都涂抹上了一层虚幻的青铜色，就连那里是不是有一个年轻人，都几乎分辨不出来了。

土堤之冬

屋外下着雨，我面桌而坐。桌上摆着还未写完的书稿，我用一种不自然的姿势，紧紧地依偎着小火盆，怔怔地望着书稿上的文字。

在这冷寂的夜晚，即便怀抱火盆，膝盖和脚趾尖依然冻得生疼，后背像冰块一样冰冷僵直，甚至无法调整一下不自然的姿势。我正在酝酿着恶搞浦岛故事。这是一个颇具挑战的主题，用五幕喜剧的架构演绎"最起码要平均头脑、胃和生殖器的能力，分配和所得才能实现公平"。一方面我为精准把握了这一宏大的主题和真理而感到兴奋，强大的精神力量使我情绪高涨。然而另一方面我又穷得叮当响，不得不加班加点撰写少女小说和童话，投递到出版社去，这些火烧眉毛的问题又让我心中苦闷，郁郁寡欢。书稿停滞在第四幕的高潮，一个刚猛的英俊后生半裸着站在台上，正激情澎湃地向台下的青年男女呐喊。

青年A（捶胸膛，然后高举双手奋声疾呼）：看我这副身躯，我比你们更美丽、更健康！我吃饭顶你们三个，干活儿顶你们十个！是我，制定了治理和灌溉这片广袤土地的规划；是我，筹划了管理和储藏收成的方法！治理这个龙宫国，引领它走向繁荣的究竟是谁？是Ａ组还是Ｂ组？（中略）不是别人，正是我！从此刻开始，我就是这个国家的统治者！（他呐喊着，两只手举得更高）都听好了，我宣布，现在乙姬就是我的妻子，有人反对，就出来同我一战！乙姬是属于我的！

老人（在角落低声独白）：我做了什么？付出了那般热情和努力，创造出来的就是这一切吗？这就是我翘首以待的那个果实吗？（他哭了）

青年Ａ：我就是这个国家的国王！

我迟疑着，不知是该向火盆里加炭，还是就这样睡去。虽然在这幕戏剧当中，青年Ａ高叫着"我就是王"，但作为他的缔造者的我，却被冻得四肢麻木，饥肠辘辘，连去蒸汽河岸喝一杯的钱都没有，一块炭都不敢浪费，蜷缩着肩膀，茫然地听着雨声。

我没有表，但大约是在过了十一点钟的时候，我听见土堤上有人从蒸汽河岸向这边走来。

"是十台岛的伙计们吧。"我呢喃道，"这应该是去红火屋玩回来了。"

雨势并不大。雨水轻轻地敲打着房檐和窗户的挡雨板，来人说话的声音听得很清楚，不久我便从交谈的腔调听出他们是外地人，而不是十台岛的年轻人。

"带上了吗？"一个沙哑的男声问，"阿源，你带了没有？"

"木屐湿了！"一个小女孩哭叫着，"妈妈，我的木屐弄湿了！"

"背上她。"另一个男人说道。

好像还有人赤着脚，踩在雨水里发出啪叽啪叽的声音。他们似乎行色匆匆，片刻宁静之后，又响起一个女人的声音。

"当家的，咱们要去哪儿呀？"

"闭上嘴走你的路。"嗓音沙哑的男人说道，"助十郎，箱子没湿吧？箱子有没有事儿？"

被问到的那个人回答了一句什么。

"冷！"女孩带着哭腔说道（他们这时候正巧经过我家门前），"妈妈，我冷！耳朵里进水了！"

"从井前桥去新川堀怎么样？"有个声音说，"我觉得德行挺危险的。"

"就不能闭上嘴走路吗？"哑嗓子的男人吼道，"大家都别落下东西，再不快点走可就……"

之后便听不见了。

落在屋檐和挡雨板上的雨声清晰，他们说话的声音也沿着河流向上游远去了。男男女女再加上孩子好像有七八个人，到底是些什么人，也不住宿吗？我漠然地想了想，便收回了心思，沉浸到了一些想要偷懒的想法之中，是写写少女小说和童话呢，还是去东京洒落斋的老先生那里讨些救济呢？

次日，临近正午，我起床前去拜访高品君，预支了童话的稿费。高品君当然已经去报社上班了，他的夫人琴把钱借给了我。

"昨晚浦粕座着火了。"琴夫人一边泡茶一边问："你听说了吗？"

浦粕座是这座镇子上唯一的戏园子。从堀南的主干道稍稍往里走一点就到了，虽然老旧，但也建有鼠木户①的大门，铺着榻榻米观众席，而且有一条花道，整体建筑确实有种戏园子的感觉。

"柏权十郎座演出来着。"夫人说道，"听说是因为没有收入，戏班子就住在了戏园子里，后台又太狭小，于是就睡在了舞台上，睡觉的时候裹着旧幕布之类的东西，挤在一起相互取暖，说来也别有一番情趣呀。"

"是有些许情趣。"我答道。

"睡在那个舞台上的人们呐，"夫人接着说，"好像是半夜的时候，点着蜡烛起夜，结果蜡烛放在枕头边就睡着了，火点燃了幕布，真是不得了，一下子烧到了天花板。如果是拉门或是屏风还有得救，可那是幕布，一眨眼火就蹿上了天花板呢，没有一点办法。"

我向夫人询问是否找到了肇事者，夫人摇摇头。

"没有，听说是逃走了。"琴夫人说，"当时已经无可挽回了，又害怕追究自己的责任，就收拾行李逃走了。"

我啜了一口茶，又问夫人："戏园是不是开不下去了？"

"那倒也不是。"琴夫人说："戏园子的主人森先生虽然大发雷霆，但之前也投了不少保险，听本家（也就是十台岛的高品君）说，森先生说是要拆了重建。我这儿有点心，拿给你尝尝吧。"

我谢绝了，站起身。

"那些演员们真是可怜见儿的。"琴夫人在炉边说道，"在深更半夜下着雨的时候逃亡，该会是怎样的心情呢？"

---

① 鼠木户，木门或大门的一部分做成的小防盗门。近现代为戏剧或演出的剧场入口。

白色的人们

　　远远望去，这座工厂时时刻刻都笼罩在白雾之中。白烟从工厂升腾而起，像水蒸气，但又比水蒸气浓密，风起的日子随风飘荡，无风的天气便从喷涌而出的地方飘浮着缓缓沉降，把工厂和附属建筑，周围一带的地面和草丛，连同一路相隔的根户川卸货码头，通通都涂成了白色。

　　这一带东边是绵延至百万坪荒地的芦苇荡，西临根户川，除了工厂，这里还有事务所、工人们狭小的住宅，以及一排贝壳堆场和柴房。厂主和几名办事员挤在事务所里。当他们来上班时，会打开正门，但就算是夏天，窗户也是关着的，他们下班之后，门会再次被牢牢关闭。若非如此，不，即便如此，烧制产生的贝壳微粒也会从四面八方飘进屋里，事务所里所有的家具、存放物乃至地板都积了一层白色，反复擦拭也无济于事。打扫卫生是一种愚蠢行径。当你想要把堆积室内的石灰扫出去的时候，新的石灰粉尘又会通过门窗飘进来。因此，除了每年两三次工厂的高炉熄灭，其他时候绝对不会打扫卫生。不论是厂主还是办事员，在擦拭账本、桌面等眼下所需的物品和位置的时候，动作都要尽可能小，就连拿笔都要分外注意，更不消说来回走动，大家都养成了轻手轻脚的习惯，而且除非工作需要，绝不会聊天说笑。

事务所总是静悄悄的。贝壳从罐头工厂运来之后，会出来两个办事员。一个统计贝壳的数量，另一个记账，给运输的人开票。运输工人也是熟门熟路，基本不开口，办事员也基本上一言不发。罐头工厂的工人拿到票据之后便拖着车回去，这里的两个办事员也回到事务所关上门。此外，收购石灰的中间商每个月都会来一次，同样是三言两语。伴着摩托车的聒噪声响而来，生意谈完，随即在摩托车的聒噪声和青白色尾气之中绝尘而去。到了下班时间，他们一个接一个默不作声地回家，最后厂主离开时锁上大门。

工厂是木头结构，上面搭着洋铁皮屋顶，建面约为十五米乘三十米。上至屋顶的换气窗，高约十米。内部铺设两层木板，三座烧制贝壳的高炉一字排开，上面有许多开口，分别用来倾倒贝壳，扒出烧制好的石灰，以及燃烧柴火。

工厂外面已然如此，内部的粉尘就更加严重了，无论柱子还是板墙，台阶还是地板，全都被附着的石灰染成了白色，烧制贝壳的微粒就像浓雾一样笼罩四周，人与人只要相隔两米以上，就只能看见一个模糊的人影。

工人有十五个。九个男人，六个女人，其中有五对是夫妻，其他男人都是单身汉，剩下的那个女人是杂工的老婆。

人们第一次直面他们的时候，或许会产生一种恐怖的感觉。他们无论男女，一律赤身裸体，全身上下只留一条兜裆布。而且人人都剃了秃瓢，不但没有眉毛，而且腋下以及其他毛发也都剃得一干二净。据说是因为如果毛发沾上了石灰粉，就会变硬。如果不看胸部或是腰部，很难辨别是男是女。

男人女人的体格都很健壮。也许是因为剃光了头发，脑袋小了，他们壮硕赤裸的身材显得不太协调，不论是没有眉毛的、呆滞的眼睛，还是时刻紧闭、一动不动的嘴唇，都给人一种强烈的怪异、非人的印象。女人尤为明显。光秃秃的丑陋的头顶，随身体摆动的沉甸甸的乳房，挂满肥肉给人一种压迫感的肥硕的腰部，以及犹如畸形一般弯曲的短腿。通体被灼晒过的棕褐色皮肤上贴附着石灰粉斑块，弓着身子，拖着沉重而迟钝的步子蹒跚而行，看上去与其说是人，更像是某种不人不鬼的怪物。

二十四小时工作，一年之内少则两次多则三次清扫高炉，其他时候炉口的火从不熄灭。工作为十人制，每五个人轮换着吃饭睡觉，每月一次轮休。然而他们从不去町里，也从来不与町里的居民来往。工厂，还有狭小的隔间住所就是他们的全部世界，同样，他们也不会让外人靠近那里。

不仅事务所的人们不爱开口，这些工人比他们还要少言寡语、面无表情。他们的动作极为迟缓，仿佛一直背着沉重的货物。他们当中时常会有几个人走出工厂，并排坐在根户川的土堤上，抽烟吃盒饭。虽然夫妻会坐在一起，但是分辨不出坐在一起的到底是哪一对。所有人都凝视着河水的波纹，或是眯缝着混浊的眼睛，眺望着位于河对岸雷的船匠屋，默不作声地（我在笔记里写的是"就像背阴处几座长着青苔的石佛"）吃着盒饭，抽着烟。彼此既不照面，也不交谈。尽管肉体是在同一个地方，相互倚靠，但似乎每一个人都是完全脱离他人的孤立存在。

"那些人呀，"町里的孩子们议论纷纷，"都是罪犯。"

"还有杀人犯呢。"

"是的。"其中一个激动得话都说不利索，压低嗓门说道，"刚才进去的那个长着红痣的家伙，听说杀了两个人呢，千真万确啊！"

那个男人看上去有三十五到四十五岁，在左侧鬓角和脸颊之间，长着一颗红黑色的大痣。

不知道他是通过何种途径受雇于此，其他十五个人或许也是一样。不过，曾经的身世、身份在这里都不再是问题。头发眉毛一律剃光，全身赤裸，从头到脚都是石灰粉尘，这些已经足以让他们彼此之间的差异荡然无存。倾倒贝壳，焚烧柴火，石灰烧制完成之后装进草袋运到河边。这是一项单调、一成不变的工作。因为张开嘴会吸入石灰，所以他们总是像哑巴一样沉默，也不与町里的居民往来。——没有一个人关心这个男人有着怎样的过往，他生在何处，本名又叫作什么。当一个男人加入其中，最开始或许会因为肤色不同，抑或是因为工作不熟练，其他工人偶尔会看他一眼。虽然会有人用睫毛上挂满了白色粉尘，眼睑发红溃烂、呆若木鸡的眼睛讶异地端详他，但在发现他是新来的之后，便会漠不关心地撇开眼。最终，当他熟练掌握工作，肤色灼晒成茶褐色，彻头彻尾地成为其中一员的时候，就再也没有人注意他了。

除了红痣以外，这个人与其他同伴并没有明显的不同之处。温和谦逊，工作勤勉。积极承担那些并不起眼、无人问津的工作，主动去做别人不乐意做的工作。刚来的时候大家都会这样，或是为了表现自己的勤奋，或是因为对待新工作的满腔热情——但他保持着一种更加质朴，仿佛是自己分内之事的、极为寻常的态度。半年过去了，将近一年过去了，这种工作状态始终如初。和其他十五个同伴一样，最起码表面看上去都是这样的。

　　不管毫无同情心的人怎样看待他们，他们都是人，是男人和女人。虽然都剃着光头，仅有一条兜裆布的裸体沾满了石灰，无法张口，脸像面具一样毫无表情，难以分辨谁是谁，可是他们的内心也必定有愤怒，有欢愉，有忧伤和慨叹，也有种种欲望。也许，正因为受困于迫不得已的沉默和石灰粉的外壳之中，他们内心之中的人的情感反而愈加激烈、狂暴和冲动。

　　大约在这座工厂工作一年之后，他的状态发生了变化。这一点没有被任何一位同伴发现，他也格外小心地控制着自己，但他逐渐需要付出更大的努力，才能实现这种自我克制。搅乱他心神的是女人。

　　刚开始工作的时候，她们就如同丑恶的软体动物，除了让人产生厌恶感，再无其他。然而时过境迁，自己融入集体之后，他意识到她们其实是"女人"，这个念头深深地扎进了他的神经里。她们的一举一动每时每刻都吸引着他的眼睛和耳朵，她们身体上散发出来的气息牵动着他的嗅觉。晃动的饱满乳房，由于像男人一样紧缚兜裆布而格外明显的小腹，肥硕的腰，丰满鼓胀的臀部。一切都原始而坦率，释放着未经任何修饰的强烈刺激和诱惑。

五个女人当中，最吸引他的是她。她当然已经成了家，虽然最年轻，但是又矮又胖，与身体相比，头和手脚都小得很不自然。

开始的时候，他觉得五个女人当中最丑的就是她，像畸形儿一样。但久而久之，这副丑模样、这副畸形儿一般的躯体却吸引了他的目光，牵动着他的神经。这尊五短肥胖的肉体，只有乳房和腰部发达，仿佛只有这些部位才是活生生的。肚子浑圆，脂肪堆积形成了褶皱。骨盆极为宽大。臀部柔软、丰满、有分量，骶骨左右各有一个深窝，其中似乎隐匿着无穷无尽的欲望。

她有着浓烈的体味，有时减弱或加重，他都能发现。尤其是当其体味加重时，他一闻，浑身上下便好像被点燃了似的，甚至大脑充血，头晕目眩。当他感觉自己强烈的欲求无法抑制的时候，就会跑到工厂后面，蹲在芦苇丛中。这常常会被町上的恶童们看到。因为芦苇丛连着浅沼，那里经常能够逮到鲫鱼和雅罗鱼。

"没追来啊，是吧。"孩子们之后议论道，"俺们看看他也没事嘛，是吧？不过如此嘛，是吧？"

晚秋的那一天同往常一样，时间平静而悠然地过去。到了下午，收购石灰的船来了，大部分工人都在装袋。他留下来照看高炉，盯着炉口，看火，加柴。工厂里四季酷热，石灰粉尘充盈飘荡，时而飞旋，时而绘出条纹，犹如厚厚的白色幕布。

当他把堆积在角落的柴火搬向炉口的时候，察觉到了强烈的女性气息。那种强烈的刺激性气味，就像是混合了铁锈和某种动物的乳汁，他都不用看见人，就清楚地知道这是她的体味。

他只是缓缓地把头扭了过去。脖子一转，附着在上面的干石灰粉剥裂开来，发出了轻微的声响，脖颈上的皮肤显现出几道茶褐色的横纹。她就在旁边。从门口进来，停下脚，似乎有些不适，整理了一下兜裆布，然后迈着极其疲惫的步伐走向堆放着柴火的角落。他注视着她的背影，眼睛忽然眯了起来，下嘴唇耷拉下来，露出牙齿。他凝视着地板。地上堆积着石灰粉，犹如一块白色的陶土板，上面掉落着星星点点的红色污渍。唯一敞开着的炉口里的火光，映照着充斥在整个建筑内的浓雾，将它染成了橙色，在这虚幻的光亮下，地面上红色的污渍愈发鲜艳，一点一滴跟随着她的足迹。

他的意识一片混乱。丢下怀里的柴火，大步走向她。她背靠板墙蹲在地上，正在叠布头之类的东西。他径直走上前去，猛地一拳打在她的脸上。三下、四下，他用尽全身力气殴打着她，她的头随着每一下打击左右摇摆。她瞪着失神的眼睛，迷离地抬头看他，似乎感觉不到疼痛，也感觉不到正在被人殴打。他双手抓住她，将她推倒在地，一只手摸索着扯掉了她的兜裆布。

突然被推倒在地的她听见了杂役老婆的叫声，于是也跟着叫了起来。在飞舞的石灰粉里，他全身压住女人，一只手捂住她的嘴。她撕咬着那只手，发疯似的用短小的手脚反抗。他一边含混地嘶吼着，一边把脸凑近女人的胸部。随即他的身后响起了脚步声，后背遭到了猛烈击打。后背，然后是脑袋。感觉像是中了刀，后背和脑袋似乎都被劈开了。他回过头，看到她的丈夫就在身后，正挥舞着扒石灰用的大铁锹。

他的动作惊人地灵敏。他敏捷地从女人身上翻落下来，躲开了劈面而来的铁锹，搂住对方的一条腿站起身来，将对方仰面摔倒，铁锹到了他的手上。这时其他工人也来了。听到杂役老婆报信，众人扔下货物赶了过来。可是，还未等他们来得及出手阻止，他已经开始用夺来的铁锹殴打仰面摔倒的对手。对方像野兽一样惨叫，双手鲜血淋漓地捂着脸。等众人一拥而上，他已经连揍对方数下，被打者的胸口和腹部被砍伤，鲜血飞溅到了白色的石灰粉上。他一阵猛咳，拎着铁锹走向工厂后面。工人们追到后门，但看到他扭过脸回头看，右手攥着铁锹，都停下了脚步，不敢轻举妄动。

他拨开芦苇丛钻了进去，边咳嗽边涉过浅沼。由于吸入了大量石灰粉尘，他咳个不停。他横穿草原，越过湿地，跳进芦苇荡，渡过及腰深的沼泽，径直穿过百万坪，一口气跑向大海。沙哑的干咳声越来越远，但即便相距甚远，听上去依然十分痛苦。

事务所派人去了派出所，召集了全町人。每个人都拿着家伙，贝壳罐头工厂的所有者大蝶老爷，一身狩猎打扮，手牵猎犬，肩扛猎枪。巡查部长和两名巡捕一马当先，这一众人马便浩浩荡荡地奔向了百万坪。

她安然无恙。她丈夫的额头、胸部、腹部负伤，腹部伤口最深，紧急包扎之后，需要送往北边十公里外的市医院住院治疗，当天傍晚，在她的陪护下用担架送去了医院。

第二天，他在百万坪边缘的矮竹林里落网。据说大蝶老爷猎枪发射的霰弹击中了他的腿肚子。老爷的射术得到了人们的交口称赞。

红 火 屋

黄昏，我散步归来，小饭馆澄川家的闺女小清姑娘摇晃着肩膀一路小跑而来，叫住了我。小清姑娘二十岁上下，身材苗条，鹅蛋脸，容貌俊俏，我们是街坊。

"先生还没有吃晚饭吧?"小清姑娘问道。

我含糊其词地回答了她。

"什么都不要做了，"小清姑娘说，"今晚请你吃大餐，可不要做饭呀。"

她狡黠一笑，说是之后还有好玩的事要告诉我，迅速地转过身，又摇晃着肩膀跑向了蒸汽河岸。我目送着她的背影，自言自语道："逮到了冤大头啊!"

之前，我第一次来浦粕町写生的时候——在此我想预先介绍一下，当时我无论去哪儿，一般都会带着写生本和炭棒，画下当地的风景。不是为了学习绘画，而是因为写生可以捕捉当地风光的特色，也画了相当多的人物速写。于是，我邀请了Y报曲艺部的记者朋友来浦粕，画了冲之百万坪、街景、舟楫鳞次栉比的运河，之后我们走进了一家店，准备吃午饭。

招牌上写着"休息"和"中食、炸虾盖浇饭、炸猪排",但进屋一看,我心想这家店不行。因为我想起就在两周前,画家池部君对我说的一件事。那是池部君还是一个美术院校学生的时候,大概是在旅行写生返程途中,在宇都宫还是什么地方等火车的时候吃饭。那家店外观看上去就像是随处可见的乡下饭馆,然而被请进屋里刚坐下,随即出来了一群浓妆艳抹的女人,什么也不点,但是却拿着烧酒、啤酒,一个个上来生龙活虎地大吃大喝。还是学生的池部君搞不懂这与自己有没有关系。池部君觉得,反正是美术院校的学生,装穷可是特长,无论如何也不用担心钱包被人算计。然而结账的时候,那群一身脂粉气的女人们吃喝的东西,一样不落地都算在了池部君的头上,丝毫不留情面地催他拿钱。

乡下真是可怕啊,当时池部君自嘲似的爽朗地笑着,提醒我注意,交代我说:"你也要提高警惕呀。"

因为回想起了这些事,所以我不论是说话还是表情都摆出一副恶狠狠的样子,点了一瓶啤酒和两个人的餐食之后,还反复强调"就点这些"。随后回忆,那家店应该是蒸汽河岸沿河路左的荣家,大约半年之后我搬到了町上,之后跟她们说话语气也变得亲切了。那以后我才知道,这些红火屋的女人们,都像神仙一般无知和单纯,不停地被人欺骗而吃苦受罪,熬出头之后转眼间又会落入圈套,都是一些朴实而木讷的女性。不过那个时候我对此还是一无所知,丝毫不敢放松警惕。可以说是不出所料,我和朋友刚刚落座,三个身材健壮、人手两瓶啤酒、因风吹日晒而皮肤黝黑的女人就出现了。

"等一下，"我举起一只手说道。"给我停下。"

她们在走廊里站住了。

"可以了，"我说道，"就把啤酒放在那儿，所有人，不，所有人把拿着的东西放在那儿。"

她们放声大笑，就好像我给她们表演了什么难得一见的绝活儿，然后力道十足地把左右两手拿着的啤酒瓶放在了地上。我当然没打算表演什么绝活，我冲着右侧一个身材小巧的女招待，明白无误地宣布说："你拿一瓶啤酒过来，就你一个，就拿一瓶啤酒，其他姑娘不要动，也不要其他啤酒。"

"哎哟，这家伙，"被选中的那个小个子说道，"说话这么讨人嫌，不能饶了他。"

说着大步流星地冲过来，把我推翻在地，跨到了我的身上。双手摁着我，双腿夹住我的身体，她的腰正好抵住我的腰，像骑马一样骑跨在我身上。我从未被年轻女性如此挑衅，这种屈辱的姿态让我羞愧难当，我狼狈不堪地竭力尝试着翻身起来。后来听说那个姑娘才十六岁，矮小的身材大约五尺高，然而臂膀超乎想象地结实有力，像火焰一般炽热的大腿力大无穷，我的一切挣扎都好似以卵击石。

最终，得益于上述严谨周到的步骤和千辛万苦的搏斗，我们躲过一劫，顺利地只喝了一瓶啤酒，吃了一顿饭。总之没有沦为冤大头。书归正传，我望着澄川小清姑娘的背影，想起了那时候的事。

很快，根户川亭的外卖员送来了三盘菜和白米饭。我良心上多少有些亏欠，过意不去，不过总是身无分文、忍饥挨饿的我，对于那些成为红火屋的冤大头的人们，虽然不至于拍手称快，倒也不至于同情。我忘记三盘子都是什么菜了，但犹记得我把其中一盘拿给了篾匠家的小玉，剩下的我一扫而光，然后心满意足地睡了。

小清姑娘说"之后告诉你一件好玩的事"，但直到第二天晚上她才告诉我详情，那时已经差不多十一点了。我写稿子写得不耐烦，正靠在桌子上茫然地琢磨着世道艰难、前途未卜之类徒劳无益的东西，这时土堤那边隐隐约约传来了汽车的响动和女人们叽叽喳喳的说话声。本来没怎么在意，忽然门口响起了小清姑娘的叫门声。

她一身出门的打扮，穿着白袜子，红通通的脸上洋溢着幸福的微笑，递给我一包礼物，然后在桌边坐下。她呼吸间带着酒气，这还是头一次。

"还在学习吗？好厉害呀。"她先是虚情假意、像逗孩子似的来了一句，随后说道，"打开礼物看看吧，先生是东京来的，肯定认识，哎，打开看看吧。"

我按照她说的打开了包装。里面是一个贴着别致商标的朱红色瓶子。瓶里是五种经过加工的豆子和年糕丁混合而成的点心，商标上是演员的纹样、脸谱等零散的花纹图案。

"东西是五色豆，"她说道，"不过还有别的名字吧？"

我回答了她，她又一脸喜气洋洋地，咯咯地笑着。

"'风月豆'之类的名字，不是挺好的嘛，这是胜姐送的礼物。"她说，"哎呀，好累啊。"

就这样，小清姑娘打开了话匣子。

昨天的冤大头是三人结伴而来。像是推销员或催款员，午后露面，活力四射。计划是三点以后回去，但其中一个留了下来。

这个男的像是三个人之中领头的，胜姐一开始就频送秋波。或许奏了效，另外两人走了，这个冤大头留下了。

"剩他一个就好办了。"小清姑娘说道，"就他一个人之后，他马上从钱包里掏出百元大钞显摆，想要引诱胜姐，真是傻瓜，这就好比是拉车的冲进了芋头店。"

正如我在其他章节所写到的那样，这片土地上的人们热衷于引用俗语和打比方。而且常常都是自以为是的理解，错记错用，要不就是生搬硬造，很多时候外地人都无法理解。当时我就没听懂这句话是什么意思，小清姑娘解释说，拉车的腿脚利索，一旦冲进芋头店，"那利索的腿脚马上就派上用场"，也就是钱花得很快，像长腿跑了一样，是一个风趣的比喻。

"这段时间买卖一直不景气。"小清姑娘接着说道，"所以，就要宰他一笔嘛。"

就在给我这里送晚饭的时候，大肆掠夺开始了。

对于经历过现代卡巴莱酒馆或是暴力酒吧的人来说，这件事或许只能算小儿科，但不管怎样，澄川马上号令其他红火屋，动员征用他们的女招待和餐具。女招待都打扮成艺伎模样，餐具就是烫酒壶、酒杯、盘子和大小碗之类的东西。慎重起见我在这里插一句，虽然这些店号称小饭馆，但这些餐具几乎都不齐全。因为来客大多是一瓶烧酒或啤酒，然后搭配上大碗盖浇饭就对付过去了。于是，召集而来的这些女人们把冤大头团团围住，彻夜狂欢。当然，大吵大闹的都是那些女人，毕竟这是一年都不见得遇到一次的机会，而客人刚过半夜就精疲力竭，连坐都坐不稳了。

"都那样了还挺猛呢。"小清姑娘又用喉咙咯咯地笑着，"别看他连坐着都坐不稳当，还抓着胜姐死乞白赖地说'去那边、去那边'呢。"

胜姐说："别逗了。""逗什么逗？"冤大头说。"成何体统啊，你这家伙！"胜姐敲打着冤大头的后背，"那里不是已经去了两次了吗，你这家伙忘了吗？""去了两次？"冤大头苦思冥想。虽然身体摇摇欲坠，仍然在拼命回想，但没过多久似乎就耗尽了体力，哼哼唧唧地瘫倒在地。女人们也不曾想到他像根筷子似的倒了。唱歌的、跳舞的、对骂的、扭作一团的、一杯泯恩仇的。然后她们接着又唱又跳，骂战重燃，而后相互揪着头发，无休无止，闹翻了天。

冤大头什么都不知道，始终在熟睡之中，等到他被人晃醒，这才发现自己把坐垫当枕头囫囵个儿睡了一整夜。把他晃醒的是胜姐，老板娘手拿账单坐在一旁。老板娘当然就是小清姑娘的母亲，年纪没有那么大，但已经是一头白发，瘦削的脸颊上尽是皱纹，据说露出满口假牙瞪人一眼，哪怕再狠的水手也要惧她三分。

冤大头看着账单，脸色变得煞白。接下来的对峙不写也罢，总之最后冤大头开口说要去派出所结账，老板娘笑得假牙作响。

"这个好说，"老板娘说道，"你有这种打算的话没必要去派出所，派人去叫，巡捕马上就到，我就可以替你派个人过去。不过我丑话说在前头啊。"老板娘说着回身往席间一指。那里一排排地摆着八十多个烫酒壶，四十多个啤酒瓶子，两个两升的烧酒瓶子和大大小小的盘子、碗。

"对照账单看看吧。"老板娘说道，"跟你说别点了别点了，还偏要点，你一瓶一瓶看看，烧酒和啤酒都剩下了，这是你点的，你可以带走，但是酒壶和瓶子是我们的，要带只能带走里面的酒；你叫了六个艺伎，超出时间的服务费就不算你的了。你好好看看，然后想叫巡捕就叫吧，反正最后丢人现眼的是你。"

不知道冤大头当时作何表情。不过大体可以想象。烧酒、啤酒等等东西实实在在地摆在那儿，就算昨晚出现的那些不三不四的女人们到底是不是艺伎非常值得怀疑，但对于警署之类督查者而言，恐怕结论也是肯定的。不计其数的大小盘碗盛的是什么食物，又进了谁的肚子，他已经没有印象了，但这些餐具和账单上的数目是吻合的——应该是吻合的吧。没必要一一核对，这就像遭遇火灾的瓷器店的门头一样，只是眺望一下当时的情景就足够了。那么还叫什么巡捕呢？打算丢人现眼之后再结账吗？

冤大头结了账。这时，等候多时的胜姐走了出来说："把我的那份给我。"冤大头的脸又变煞白了。

"你这是什么表情？"胜姐发动攻势，"接二连三地把人当玩具，想白玩吗？白日做梦呀！这个家伙，别逗了。"

冤大头付钱给了胜姐。

"把别人当傻瓜，臭显摆百元大钞，太可恶了。"小清姑娘说，"不过胜姐没想到的是，那个客人穿上鞋跑去厨房，用小碟子盛了盐，说这人一大早就说不该说的，太不吉利，然后从后面对着胜姐撒盐。"

点睛之笔可不能遗漏。就这样，昨晚的女人们再度集合，分乘两辆出租车，去东京看了戏，把从冤大头那里勒索来的钱花了个精光。

"一个大子儿不剩，真爽啊!"小清姑娘说道，"不过眼下又要紧巴巴地过日子喽。"

我无话可说。

对话（关于沙子）

"沙子，真是一种神奇的东西。"富哥儿说道。

"唔。"仓哥儿应道。

五月十七日的晚上，两人来到海边踩鱼。满月前后，潮水远远退去，从岸边开始浦粕会有将近一里地的海床裸露出来。即便是有水的地方，水深也不过比脚踝高三五寸。因此，经验丰富的渔夫和船老大们都会去踩鱼，方法就是——迎着明亮的月光蹚水而行，觉得"这里有"的时候就停下，缓缓抬起脚后跟，踮着脚尖。然后脚下就形成了一片阴影，鱼就会游过来。笔者也亲自尝试过，鱼确实会游来。鱼游过来之后，瞅准时机猛地落下脚后跟，把那条鱼踩住，然后用早已准备好的签子叉住它。抓住的大多是比目鱼，也能抓到六线鱼，夏天还能抓到梭子蟹，抓螃蟹的体会另有不同。

"这沙子，"富哥儿用签子叉住踩在脚下的鱼，连鱼带沙捧起来，把鱼放进网兜，手掌翻弄着沙子，说道，"这么看起来，什么也不是，就是普通的沙子。就这普普通通的沙子，你瞧，就这么回事，是吧?"

"唔。"说着仓哥儿四下望了望。

万里无云，农历十七的月亮几乎就在头顶正上方。海面上似乎弥漫着极薄的雾霭，这层雾霭吸收了月光，梦幻般皎洁的光辉遍布在各个方向。这个夜晚一如往常，应该有好几组前来踩鱼的人。远远的不知何处，不时传来缥缈的人声，既看不见人影，也无法判定声音来自哪里。

"不过，你看啊，"富哥儿静静地在水中踱步，看着依然捧在手心的沙子，说道："这看上去只不过是沙粒罢了，但其实不是这么回事，这可是真正的活物啊。"

仓哥儿诧异地盯着朋友的脸。一副男子气概、少言寡语、总是脸颊通红的仓哥儿绝对不会忤逆别人，然而对于富哥儿的话他却表示严重怀疑。

"不会吧！"仓哥儿小声说。

"你也是这么看吧，谁都是这么以为的，"富哥儿说着停下了脚步，在水里踮起脚，"都觉得沙子就是普通的沙粒，就那么回事，但其实不是，它们有它们的活法，活着的证据就是在不停地生长。"

仓哥儿正要反问，恰好踩住了鱼，他娴熟地把鱼叉在签子上，然后举起一条六寸左右的比目鱼。

"沙子，"仓哥儿把比目鱼扔进网兜，问道："你刚才说沙子会生长？"

"是哟。"富哥儿说道："可不只是生长，随着越长越大，它们就会慢慢地逆流而上，就这么慢慢地，俺也很惊奇呢。"

仓哥儿用右手中指挠了挠后脑勺。

"根户川看不出来，去别的河看看就明白了。"富哥儿接着说道，"靠近大海的是细沙，往上游走，就变成沙砾、石块，然后石块越来越大。"

"唔。"仓哥儿沉吟片刻，嘟囔道，"是这么个道理啊。"

"这事儿谁都没有注意到。"

"理虽然是这么个理，"仓哥儿问道，"那么沙子是怎么逆流而上的呢？"

"俺，亲眼得见，亲眼看见的。"富哥儿的语气里既有科学家的冷静，又充满了热情，"沿河一直往上游走，河里有一块这么大的石头，之前比方说就在你那儿。"

"唔。"仓哥儿看着朋友的指尖。

"然后就到了那儿——"富哥儿稍稍迟疑，然后把指着水面的手移了移，指着对面，"就逆流跑到了那边，从这边，到了那边，没几天工夫，就向上游移动了五米半到九米的距离。"

"怎么做到的？"

"不清楚。"富哥儿得意扬扬地笑着，仿佛是一个抓了一手好牌的赌徒，"刚开始俺也纳闷儿它是怎么上去的，没手没脚，又不像鱼有鳍和尾巴——所以俺认认真真地研究了。"

仓哥儿都忘了抬脚，用充满期待的眼神注视着朋友。

"后来可算是弄懂了，是这么回事，"富哥儿说道，"其实是这么回事，——比方说这儿有块大石头，能明白吧？"

仓哥儿默默点了点头。

"因为河水是流动的，这没什么奇怪的，对吧？"富哥儿用手比画着，"就这样，这儿有块石头，然后水流过来，然后你看，石头前面的沙子和泥巴被水冲走了，前面的河床就变低了，就跟咱们站在海里一样，浪涌上来的时候站在这儿，浪退走的时候脚后跟下面的沙土就被冲走了。"

"唔。"仓哥儿点头称是，"好像是冲到了后面。"

"这家伙也是这么回事，是吧。"富哥儿说道，"是吧，水这么流过，冲走石头前面的沙子，被冲走的部分越来越大，这块石头就会突然翻滚，向上滚，——因为水不停地流，所以石头下面又被冲刷得越来越少，然后一直循环，石头自然而然一点一点滚向上游。"

仓哥儿为他叫好。哎呀呀——开口称赞，然后望着朋友的脸说：

"长知识了啊！"

"这可不是一般的知识呐。"

"这沙子，"仓哥儿弯下腰，从水里捧起一捧沙子，在手心摊开，一边望着沙子，一边说道，"真是不可思议啊！"

"是吧。"富哥儿若有所思地说，"刚开始的时候我也很惊讶，这沙粒竟然是活的。"

"真是想不到啊！"

"无知者最幸福啊！"富哥儿叹了口气。"俺在弄明白之前也不觉得怎么样，可是明白了之后，就觉得不能马虎，是真的，这么看上去，"他用下巴指了指仓哥儿手里的沙子，"的确是活的。"

"唔。"仓哥儿附和着。

"不只是活的，"富哥儿说，"一点一点变大，而且逆流而上，就这么一点一点地，到底从哪里学来的智慧呢，想想都觉得惊奇。"

"唔。"仓哥儿说，用手指抚摸着手心的沙子。

宁静的海面水平如镜，不知何处响起了鱼跃出水的声音，两人一边聊，一边返回了岸边。

毛 蟹

　　元井轮机长曾经是葛西汽船七号船的水手。他十四岁便上了通船，二十三岁拿到了轮机员的执照，成了二十八号船的轮机长。他没当过兵，因为身高不够。五短身材，身高五尺左右，毛发浓密，长着一张棱角分明、愁云密布的脸。嗓音格外沙哑，说话好像很费劲，加之笨嘴拙舌的天性，不喜与人交谈。绰号"毛蟹"。毛蟹是人们在冬季经常捕捞的一种螃蟹，形状浑圆，像手抓饭团一样，茶褐色，通体生着毛。这一"贴切"的称号几乎是在亵渎元井轮机长。

　　在他还是水手的时候，他就看上了一个姑娘。这个姑娘是同时经营杂货铺和西餐馆的新川堀"臼田屋"家的二女儿，名叫小彩，比他小两岁。她有一个哥哥和一个妹妹，哥哥经营西餐馆。不必要的事情就此略过。小彩白天在杂货店上班，晚上去西餐馆帮忙。她肤色黝黑，身材娇小，容貌俊俏，争强好胜，伶俐干练，能干会说。臼田屋就在通船码头的前面，船员们很早以前就是这里的熟客了，西餐馆那边也常常聚集着本地的渔夫和年轻人，除了小彩，还有两名女招待。这两个女人打心眼里认为：浓

098

妆艳抹，喷上呛人的廉价香水，时而一屁股坐在客人膝头，时而从客人嘴里抢过香烟嗜上一口，就是摩登服务。

小彩在店里时不施脂粉，衣着普通。她手脚利索地送菜上酒，撤换盘碗，而且不停机灵地鼓动女招待，让客人们喝得更起劲。但她自己绝对不陪客人，即便被搭讪也是三言两语搪塞过去。如果遇到污言秽语纠缠不休，或是身体接触，她便会用尖酸刻薄的语言，不留情面地猛烈回击，让客人无地自容。

"你就像那艘五号船的破烂轮机。"

小彩对东湾汽船三十六号船的留君如是说道。那艘五号船极其老旧，轮机启动时会发出凄厉的排气声，整艘船剧烈摇晃，就仿佛要散架了似的。搭乘五号船的时候，据说都是"头脑昏聩，口不能言"。

就是这个小彩喜欢上了元井轮机长。不用说，制造机遇的必然是小彩。他充其量就是去买买船上用的草鞋、草纸、铅笔、杂记本，或是偶尔去那里吃饭，这些时候别说是与小彩攀谈，甚至都不曾抬头看她一眼。没人知道两人如何约定了终身。有一次在西餐馆，他被同伴嘲弄。因为他们觉得小学都没念明白的"毛蟹"想要考取轮机员执照，就好比秃子头上扎辫子，完全不可能。他毫无还嘴之力。出于愤怒和羞愧——因为他一直没有声张过学习的事——他低着头，脸上看不清是不是充血，一言不发地用勺吃着咖喱饭。之后小彩走了出来，教训了正在嘲弄他的同伴。似乎五号船的破烂轮机已经无关紧要了，她的脸在阳光照射下显得苍白而瘦削，泪水也几乎要夺眶而出。

之后，两人交好的闲话便传开了。各种各样的谣言交织，一时间"毛蟹"风头大盛，力压众水手。试想"毛蟹"把臼田屋的小彩拿下了，其影响之大、震撼之强非比寻常。他无视周围的目光，对于谣传充耳不闻，依旧以非凡的精力坚持学习。就这样不知道过了多久，终于拿到了轮机员的执照。

这段经过的细节不为人知。假如婚约的期限是两年，那么在此期间两人单独相处过吗，或者像恋人那样交流过吗？如果曾经幽会，那么是在哪里，又是什么样的状态呢？有没有悄悄地说过情话，或者有没有吵过架拌过嘴呢？对于这些事，既没有传闻，也从未听到有人在背地里嚼舌头。

他当上了二十八号船的轮机长，成为人们口中多少带有些许戏谑的"元井轮机长"。之后，他回故乡省亲。既是为了给先祖扫墓，也是为了衣锦还乡——他的故乡在岩手县一个贫寒的村子，下了火车要坐大约半天的公交车，然后还要步行几里的山路。当然可能也提到他要结婚了，过了大约半个月，他带着土特产回来了，去臼田屋找小彩。小彩在家，但一看见他忽然勃然大怒，扑将上去。一通怒骂，双手的手指蜷曲成了钩形，浑身发抖咯咯作响。

"你在德行还有一个叫不二的女人，那个女的还给你生了孩子。"小彩喊叫着，"恬不知耻的东西，把我好一个骗啊！"

他一头雾水。

"少装蒜了，"小彩尖着嗓门，"我自己见到了那个女人，她亲口说的。居然是这种喜新厌旧的东西，别想再骗我了。"

他予以反驳。用自己异乎寻常的沙哑声音赌咒发誓，证明那是子虚乌有，但小彩根本不听。

"我不听我不听我不听。"她挥舞着手指扭曲得像钩子一样的手，"我不想再听你的谎话，快点滚，别再来了。"

之后小彩就走进店里去了。

情况已经是明明白白。他神情恍惚地站了一会儿，然后把带来的土产包裹轻轻放在店门口，就离开了。

没有人知晓他究竟有没有那样一个女人。东湾汽船、葛西汽船的终点都是德行町。每一艘通船都会在浦粕停泊，也会在德行停泊，大部分水手都喜欢停靠在风花雪月场所一应俱全的浦粕，但其中也不是没有人与德行的女人有染。因为元井轮机长在有些班次的时候也会停靠德行，所以说那里有他的姘头倒也不是空穴来风。倘若他不记得有这么一回事，那么可以去找那个叫不二的女人对质。——当然，他也应该如此，这是最简单的办法。但他没有这么做。用犬儒派的说法：可见他拥有贤者的智慧。遭到小彩劈头盖脸的一通怒骂，回去之后他便自我封闭在了自己的世界里，仿佛是用盖子紧紧地密封起来了。他借住在蒸汽河岸陋巷里的一座大杂院里，独自做饭过活。即便到了船上，除了必要事项，他不对任何人讲话，回到大杂院同邻居们也没有任何交流。不串门，也没人上门，闲暇时候就一个人下将棋。

他的内心逐渐发生了变化。就好像是水槽开了一个小洞，水从那里漏了下来，他的内心似乎也有什么东西在一点点泄漏，漏掉多少，就会填进去多少其他的东西。虽然他不和别人讲话，但他却不知从什么时候开始，不停地自言自语。

下班回家之后，他就站在挡雨板前，盯一阵儿挡雨板，而后缓缓开口："打开这块板。"然后他打开挡雨板，打开格子门，走进屋里，此时又说道："关上这个格子门。"说着关上格子门。拉开玄关横木上的纸拉门，洗脸，换衣服，准备晚饭，然后收拾碗筷，洗澡，睡觉，起床……做所有事情的时候都不忘自问自答。而且一个人下将棋的时候，就好像棋盘对面真的有一个对手，对于每一手棋，或是赞叹，或是泄气，或是耸动鼻子自鸣得意，或是为对手感叹。就好像是两个水平相当的好友在平心静气地对弈，没有被旁人打扰之虞。

在此期间，小彩嫁人了。丈夫家在利根川河畔一个叫布佐的町上，经营一家规模相当大的饭店，但刚过一年丈夫就去世了，为了刚出生不久的女儿，小彩含辛茹苦地坚持了一百多天，最终由于和婆婆的矛盾，带着孩子回了娘家。对于争强好胜的她来说，这种带着孩子返回娘家的际遇应该分外痛苦吧。这样想固然是人之常情，但从她的外表却丝毫看不出来。她与嫁人之前没什么两样，不论是在杂货店还是在西餐馆，都精神抖擞地忙里忙外，而且比之前和气多了，待人接物也更温柔。被人开几句玩笑，或是遇到客人毛手毛脚，她不仅不会生气，还能在有人劝酒时喝不少啤酒、烧酒，微醺之后还会用好听的嗓音高歌一曲。

一天，葛西汽船二十八号抵达码头后，小彩来到岸边，向轮机室张望，确认元井轮机长在里面，便去打了招呼。

"轮机长，好久不见！"小彩说道，"偶尔也来店里坐坐吧。"

他微笑着，抬起一只手稍稍示意，但没有开口。

第二次，她抱着自己的孩子，沿着洗衣场的石阶下到二十八号船的一侧，叫来元井轮机长，举起孩子说："这是我在布佐生的孩子。"

"给她起的名字叫晴海。"她说，"可爱吧？"

他微笑着点点头。微笑不带任何含义，而且依旧没有开口。

类似的情况出现了好几次。小彩每次都会邀请他"来玩"，他都会露出微笑，或是点头，或是挥挥手，但都是机械性的，不掺杂一点感情。之后一天夜里，元井轮机长吃完晚饭，在昏暗的电灯下摆上将棋盘，一如往常一边自言自语，一边摆开棋子。棋盘是在旧货店买的，但棋盘腿很牢固，棋子也是黄杨木材质，肉质薄，落子时会发出清脆又悦耳的声音。

"昨晚是石头先走吗？"他一边深呼吸，放松身心，一边说道，"那么今晚我先走吧。"

之后下了两三手，门口有人叫门。罕有人来串门，最开始还以为是隔壁的秋叶轮机长，听到叫自己的名字，他应了一声，仔细确认了刚下的一手 7 八银①，便站起身来。打开格子门，他发现站在狭小玄关处的是臼田屋的小彩。她身着外出时穿的正装，化着浓妆，像西餐馆的女招待一样，廉价香水味扑鼻而来。

"我是来道歉的。"小彩面露媚笑，说道，"可以让我进去吗？"

他面带微笑地伫立着。既没有说请进，也没有做出请进的表情。小彩一只手整理了一下头发。

---

① 7 八银，日本将棋的一种记谱方法，类似中国象棋中的"炮二平五"。

"其实我挺着急的。"她马上改了口，"今晚就在这儿说句抱歉，可以吗？"

他的表情依然如故。

"对不起，是我不对。"小彩垂下眼，"德行不二的那件事，是我撒谎了，我听信人言，一下子上头了。当初虽然我说我见到了本人，她亲口告诉了我，但其实我没有去，也没有见过那个人，我以为如果是假的，你就会证明给我看的。"

元井轮机长眯起眼睛，像是困倦了似的。那时他说过了，他说过没有那回事，大家在说谎，然而小彩听不进去。他眯着眼注视着小彩，默然而立，不知道是不是在回忆那些事。

"你什么都没有解释。"小彩接着说道，"所以我就——我就觉得，随便吧，是你不对，是你的错。"小彩的声音激动起来："如果是假的，跟我解释清楚不好吗？为什么要沉默，为什么？"

他依然微笑着。

"算了，都过去了，而且——"小彩火热的眼眸里媚态盈动，说道，"你让我看到了真相。我嫁到布佐之后，你一直是一个人，没有娶别人，我很高兴，我回来以后都听说了，高兴得都哭出来了。"

小彩飞快地擦了擦眼睛。他的表情还是没有变化。他怀揣着谦虚的自尊心。这种自尊心保存在绝对不会被外人察觉的地方，隐秘，但又引以为豪。小彩当众宣布与他恩断义绝之后，他饱受众人的讥讽谩骂和嘲笑奚落。而那个未曾谋面的名叫不二的女人，也承受了恶毒的指桑骂槐和挖苦。然而，谦虚的自尊心仿佛使他巧妙地躲开了这一切，即便是面对眼前小彩的告白，他也只是漠然地微笑，既不想责怪小彩，也不想罗列自己的苦难。

"我，什么时候都可以。"小彩低声说道，"往后不说你也明白，我希望我们能好好相处。"

他仍旧沉默不语。

"一定会好好相处的。"小彩的声音里充满信心，"只要你愿意，什么时候都可以，我的心意，你懂的，你明白我的心意吧？"

他多咧开了一分笑容，缓缓抬起一只手，轻轻地摇晃手指。不知道是何用意，也可以说是毫无用意。

"其实也不用那么着急。"小彩试探着说，"不要觉得我很着急，我一点也不着急，你能懂吧？"

他什么也没有说。

"来我家坐坐吧。"告别时小彩说道，"我做的饭可香了，只放洋葱和牛油，没想到只放洋葱和牛油做出来的饭会这么好吃，以后要常来呀，好不好？等你呀。"

这次他又多笑了一分，但是纹丝未动。

"哎哟喂，这海边的呆瓜。"小彩走到外面，张口便骂，"脏兮兮的'毛蟹'，给我记住。"

他回到棋盘前面盘腿坐下，长长地出了一口气，低下头盯着棋盘。

"上一手是7八银吧。"他说道，"也就是说要来一手棒银啊，那这样就该接一手中飞了吧。哎哟、哎哟，可惜啊，这一手我可不上当，看这手。"

他落下一子。在廉价的棋盘上，这枚棋子发出了清脆又悦耳的声音。

经济原理

我走在冲之百万坪,孩子们在三叉河道里捞鱼。走近一看,水桶里有十二三条鲫鱼,还有名叫"平田"的河虾和雅罗鱼。鲫鱼居多,而且都是大概三寸长,恰到好处——指的是适合我吃的尺寸。我斟酌了一下自己的腰包,不紧不慢地向其中一个孩子搭话。结果他们就仿佛是听到了一声号令,在水里捞鱼的孩子,提桶的孩子,钻进木桩和水藻的阴影处驱赶鱼的孩子一下子都转过来看着我。

"是蒸汽河岸先生。"其中一个小声对其他人说道,然后横着抹了一把鼻涕,抬头看着我,"你说啥?"

我又表达了想要买鲫鱼的意思。他们的脸上掠过了同一种表情,可以确认那是一种一闪而过的紧张。这时我心想,糟糕。虽然说不清是什么"糟糕",但直觉告诉我,我失策了。

孩子们交换了眼神。

"卖吗?"其中一个对其他人说,"蒸汽河岸先生要买,喂,卖不卖给他?"

孩子们咽了口唾沫,吸溜着清鼻涕,水桶旁边的一个孩子用一只脚的大拇指挠了挠另一条腿的腿肚子。"也不是不行。"一个孩子把手伸进桶里抓起了一条鲫鱼，似乎很舍不得鳞片金光闪闪的猎物，又得意扬扬地、出神地端详着手里的鱼，似乎想要刺激我的购买欲似的，说道，"这种金鲫鱼可不容易逮到啊。"

"就是就是，你看，"另一个孩子也抓起一条，一边拿给我看一边说道，"鲫鱼才有这种光泽。"

接着又一个孩子，然后又一个孩子，六个孩子全都心有灵犀地统一了战线，想用怀柔政策征服我。他们眼中散发着狡黠的光芒，表情显现出一种摩拳擦掌的贪欲。

我绝对没有夸张，这是浦粑这片土地的民风。记得有一次——当然是在这之前，我在蒸汽河岸边上遇到过类似的一件事。当时已是傍晚，河岸边的路旁有四五个渔夫铺开席子，或是摆着桶，卖鲤鱼、小杂鱼和贝壳之类的东西，目的是赚取"日钱"。按照规定，渔货都要收归协会，由协会统一批发给各个批发商，但需要一些"日钱"的时候，渔夫就会把超过上缴责任量的部分拿到街上卖，协会也是默许的。而且如果有从其他地方来钓鱼、抱怨收获不多的游客，以及单纯过来游玩的游客，渔夫还可以从他们身上赚一大笔。——我从旁路过，看见有人卖蛤蜊。看着个儿大，一个赛一个饱满的蛤蜊，我心想用黄油一炒一定很美味，于是走到近前，告诉他说我想买整五贯钱的蛤蜊。因为我已经在这里住了将近一年，和他们差不多都是熟脸，所以心里有一种一定程度上是当地人的得意之情。而且我看见在我前面，不知是谁家的老婆也只买了整五贯钱的蛤蜊，一斗大的桶盛得是满满当当，我甚至还想着假如也给我这么多，那我就大方地只要三分之一。然而这些设想和期待被彻底推翻了。

"是蒸汽河岸先生呀！"那个中年渔夫抬头看着我，挤了挤眼，"想要这个蛤蜊吗？"

他为了遮掩自己狡猾的目光和脸上的贪欲，装出一副弱小无力、命运悲惨的表情。

"这样啊，"他拿起一个蛤蜊，目不转睛地凝视着它，"卖也行，就是为了卖才摆摊儿的，卖就卖吧。"

我耐心等待着。他仔细查看那个蛤蜊，不慌不忙地眯缝着眼睛抬头看我。

"想要多少呀？"他问。

我回答了需要的数额。

他一副舔了酸梅干的表情，挑来挑去，只拣出六个蛤蜊。不仅六个的数量精准无误，而且就如同是怀疑里面包裹着珍珠似的，仔仔细细、认认真真地逐一挑选。

"既然是蒸汽河岸先生，"他仿佛为自己的好心肠都感到义愤填膺，说道，"——没办法，亏就亏点儿吧。"

我看到孩子们表情的变化，想起了那时候的事。

"卖不卖？喂！"一个孩子问伙伴，"卖吗？喂，'脑瓜子'！"

被叫作"脑瓜子"的孩子吸了吸鼻涕，翻着眼皮向上瞅着我，又看看桶里的鲫鱼。这个孩子与船宿千本的小长同一年级，个子矮，体形也消瘦，但是长着一个硕大的脑袋，脑门儿宽阔。我猜所谓"脑瓜子"，就是给他的锛儿头起的绰号，方言化之后就变成了"脑袋"。这只不过是我的猜测，可能本来含义另有所指，总之"脑瓜子"站在战线的右翼，似乎身负众望。

"有十五条鲫鱼。"脑瓜子说道，"先生，你要出多少钱买？"

我考虑了一下钱包，回答了他。

"哎？""脑瓜子"瞪大眼睛，嚣张地从桶里抓起一条鲫鱼——那是最大的一条——递到我面前说道，"您去潮生打听打听，这么大的鲫鱼一条值五百文呢，先生。"

这个小鬼，我心中暗骂。"潮生"是堀南一家海味店，他就用这家店卖的鲫鱼甘露煮举例了。确实，这么大的鲫鱼如果做成甘露煮是要卖五百文。我感觉头脑发热。用竹筐刚打捞上来的鲫鱼，和经过各种工序、加入佐料、消耗燃料、精心烹制而成的商品鲫鱼，根本不能相提并论。可是转念一想，如果做成甘露煮，那么一条鲫鱼就能实现那种价值，而我用整三十包圆十五条，就是在欺负对方是小孩子，这种秉性不可谓不卑鄙。前者让我恼火，后者令我羞愧，我觉得脑袋发烫，无法忍受这种复杂且无休止的感觉，于是把价格提高到整五十。孩子们软磨硬泡，俨然一副商人嘴脸。说什么整五十的话六个人不好分，再多给一贯。"舍不得这一贯钱也发不了大财。"这句话在当地流传甚广，动辄就会拿来用。譬如是不是要多喝一瓶啤酒，去不去浦粕亭（曲艺场）听曲，要不要买煎饼之类的场合，只要对方面露迟疑，立马就会搬出这句话。不过我并没有哑口无言。我说，那我钱不够了，算了不买了。同时与那种自取其辱一般，无法容忍的自我厌恶做着斗争。孩子们商量了一下，确定我不会退让，于是就成交了。

　　我炖了鲫鱼酱汤。如果要把骨头炖烂，必须要炖两到三天。煤气显然是没有的，因而我把炭粉放进火盆，把熬汤的锅子挂在或是直接放在上面，快熬干了就添水，满心期待地等候大功告成。

　　两天过去，第三天正午前后，我正在睡觉，忽然被人叫醒。是孩子们敲着窗户的挡雨板，叫着"先生起来了"。我起身打开窗。外面站着五个孩子，拿着洗脸盆、水桶、空罐子，看见我之后排成一列纵队。头一个是千本的小长，我还看到了"脑瓜子"的脸，所有人都赤着脚，一身泥巴。

　　"抓到了鲫鱼。"小长问道，"先生，买不买？"

　　我意识到在他们充满期待的目光的注视下，自己没有勇气拒绝，于是让他们绕到厨房门口。他们还是排成一列，一个接一个地向我说明自己鲫鱼的价格。这时，从睡梦中苏醒、昏昏沉沉的我的脑袋，才识破了他们的奸计。原来是因为放在一起卖的话卖得便宜，而一条一条卖就不会被压价了。

　　"看啊，"他们向我夸耀着一条条鲫鱼，"这么大，有五寸呢，先生。"

　　然后便说如果去"潮生"这一条就能卖一贯钱，说着还相互点头称是。我知道自己又落入了陷阱，被他们拿住了。我在他们的诱导之下，付了钱，把鱼都买了下来。

　　"算了。"他们离去后我自言自语，"炖成汤的话不怕放坏，眼下也不用愁没有下饭菜了。"

我把炖好的酱汤倒进碗里，又把这些新买的鲫鱼炖上了。

　　也许别人不会相信。我自己在记叙这件事的时候，就想到了别人可能不会相信。不过，孩子们似乎从这桩易如反掌又真真切切的赚钱行当中体会到了兴奋和热情。每隔两三天就会来一次，兴高采烈地敲着窗户。

　　"排队啊。"我听见了小长的声音，"我第一个，别推！"

　　看到孩子们丝毫不曾想过会被拒绝的自信的面孔，我就知道自己会一败涂地。——看到这里的读者，一定想象得到，小恶魔们已经不会放过我了。我想假如我的钱包更为富足一些，那么将会更加难以逃出他们的手心。人在大富大贵之前，常常要忍辱负重。当孩子们第四次来袭时，囊空如洗的现实救了我一命，我干脆利索地拒绝购买鲫鱼。但之后发生的事情完全出乎我的预料，让我大为震惊。

　　被我拒绝之后，孩子们明显很失望，不知所措。他们面面相觑，怀疑先生是在讨价还价，当发现并非如此的时候，更加怅然若失，望着各自手中容器里的鲫鱼，不知如何是好。

　　"大家伙儿，"小长突然说道，"要不我们把鱼给先生吧。"

　　"给"？是"赠送"的意思吗？一筹莫展、心灰意冷的孩子们的脸上突然又焕发了生气。就好像是松了绑，解开了死扣，挣脱了其他一切羁绊，爽朗无邪的面容又回来了。

　　"唔，给吧。"一个孩子说道，"把这些鱼给先生吧。"

　　"给吧，给吧。"

　　"先生，这个给你。""脑瓜子"说道，"大家伙儿，去厨房吧。"

我为自己犯下的严重过错而无地自容。

是我勾起了孩子们的狡猾和贪婪。一开始我就应该说"把鲫鱼送给我吧"。因为我说了"卖给我",他们才被狡猾和贪婪束缚住了。虽然榨取了我贫瘠的钱包,但他们也没有得到幸福。因为在这段时间里,他们变成了贪婪的渔夫和奸诈的商人。我感到羞愧万分。

"给先生吧,好吗?"我学着他们的口吻,"把这些鱼给先生吧。"

我脑海中浮现出了他们说这些话时的那种爽朗的、仿佛重现生机的表情和动作,同时我也感到羞愧万分。

朝日屋骚乱

　　朝日屋临近堀一桥，正对着沿河马路。开间六尺，进深十二尺。有现炸现卖油炸蔬菜的柜台和狭窄的三尺宽的素土房间，室内六席大，只有一间。这座建筑原本就是用老木料拼凑而成，加之年代久远，已是连"破烂小屋"都算不上的危房。——但唯独售卖油炸蔬菜的柜台仍然是崭新的。它有一扇拉门大小，只放得下一口炸锅、漏油勺、几个坛子盘子以及一捆薄木包装纸，而且这个小物件就好像是从外面用钉子极为随便地钉在老房子上面似的。

　　朝日屋的夫妻大约每隔五天就会大吵一架。丈夫名叫勘六，妻子名叫朝子，都是三十二岁，虎年或是马年的。无法判断是属虎还是属马的原因是他们在吵架的时候，相互进行人身攻击的表达多有不同。

　　"胡扯什么虎年八白。"勘六说道，"你就是飞缘魔①的头子。"

　　"你小子先查查干支吧！"朝子回击道，"可笑，你小子要是

---

① 在日本传说中飞缘魔是长着美丽脸孔、专门吸取男性精血的妖怪，多来自丙午年出生的女性。

属马也是个竹马，要是属虎就是为虎作伥的家伙，滚一边儿去。"

勘六是个赌鬼，据说曾是东京深川一个团伙的带头大哥。每逢喝酒，都要天花乱坠地把那时候输钱、赢钱的过往讲述一遍，而且煞费苦心地在时间、地点上变换花样，不过从来没有人认真听。对此，年轻的船老大仓哥儿曾讲过这样一件事，讲述时他红通通的脸颊上总是挂着平和的微笑。

很多年前，堀东的理发店有一个名叫杉君的走街串巷的手艺人。他是一个单身汉，五十多岁，仅仅半年时间，就听勘六讲了好几次输赢的历史，后来他便对勘六说，这种故事大可不必说给内行听了。什么内行，勘六顿时变了脸，撸起了左臂的袖子，露出了左大臂上文的般若鬼面刺青，摆出一副要给对方一点颜色瞧瞧的架势。杉君根本没把这个放在眼里，回答说："是浪曲儿吧？""什么浪曲儿？""你赢钱输钱的故事，都是从浪曲儿里听来的吧？""那又怎么样？"勘六反问道，"浪曲儿不也是根据赌博输赢的故事编的吗？那么可以说浪曲儿也是根据俺输钱、赢钱的故事编的。"而后他为自己聪慧的头脑而扬扬得意，用惯用的浦粕风格的名言警句总结道：

"大石由良助可不是看了戏之后才搞出了忠臣藏。"

杉君诌媚地笑了，认输说"是我有眼不识泰山"，但之后却约出了勘六的老婆，结伴游逛了三天，而后把她丢在了一个名叫船桥的町上，自己消失得无影无踪。

——勘六嘴上占了便宜，实际却吃了大亏。

这种风言风语扩散开来，夫妻俩吵架的时候偶尔也会拿出来说事。

勘六和朝子两人都嗜赌。尽管浦粕是一座小渔村，并没有赌场之类的大型设施，但半消遣性质的聚众赌博好像却是常有的。每当这个时候庄家都会通知朝日屋。对方当然是想宰他俩一顿，不过夫妻俩也算得上是个行家——毕竟当家的曾经是某个团伙的大哥大——出门时都要摆出一副门儿清的状态。丈夫是老江湖大哥，陪同的朝子也必定不是玩票的。并不是说她原本在红火屋讨过生活，她就确确实实不是新手，这其中还有另外一分缘由。这便是一种彪悍泼辣的"赌鬼婆娘"的自我意识。因此，每当自己男人孔夫子搬家，她便当仁不让地上演单膝着地后跪起身，下身的贴身衣物和一部分肉体晃动人眼，试图让对方赌技失手。

夫妻俩也有赢的时候。赢钱回家之后，两人就醉醺醺地、点到为止地吵上几句，然后睡觉。但是大部分时候必然是要输的，这时朝子就会花言巧语把几个人拉回家里做客，用自家售卖的油炸蔬菜给他们下酒，然后把在赌场输的一部分钱拿回来。

有一次派出所的巡捕来了，说这种做法违反了经营法。朝子撒泼打滚拼命反抗。虽然不清楚对话的具体内容，但据说朝子把她知道的脏话都骂了一个遍，年轻的巡捕情绪激动，张口结舌。

"明白了，哎。"朝子说道，"反正店里可以卖油炸蔬菜，对吧?"

从那以后朝日屋是这么干的：勘六带来客人，备好酒水，随后走出门站在柜台前叫道："喂，给拿点天妇罗。"

然后朝子出来说："欢迎光临，您要多少? ……好的，多少多少是吧?"朝子把几份油炸蔬菜用木纸包好递给丈夫，久等啦，送您一份哟。好嘞。丈夫递过钱，拿着木纸包装走进家开始喝酒，一副光明正大的模样。

　　一天，年轻的巡捕又来了，与朝子吵得不可开交。油炸蔬菜店只允许卖油炸蔬菜，年轻巡捕说道："你家店还赚顾客的酒饭钱，除非获得这些经营许可，否则就是违法行为。""喂，小伙子啊，"朝子打断他，"您真叫一个不懂事，因为前段时间您提醒过了，所以我一直在好好地卖油炸蔬菜，虽然来买的是我丈夫，但不管是谁，只要站在柜台前面说来些油炸蔬菜的就都是客人呀，不能因为他是我丈夫我就不卖，哪儿有这种道理，如果不卖，那才叫违反经营法。""等一下，请等一下。"年轻巡捕插话道。"等一下，等什么呀？"朝子说道，"您是来调查的吧，既然您来调查，就应该先听听我们是怎么说的吧，就好比劝架要先打听打听吵架的缘由，是这个道理吧。""不不，打住打住，"年轻巡捕说道，"这又不是劝架。""吵架就是打个比方。""先不谈什么打比方，这件事虽说是调查，但其实已是证据确凿。""什么证据，我做买卖，油炸蔬菜甚至连自家丈夫都卖，买卖成交，以后的事我从不过问，我在这柜台卖东西，之后买东西的人在哪里吃与我毫不相干，因为买主是我丈夫，所以他回家来吃，但这不也是买主的自由吗？""我知道，油炸蔬菜的生意没问题，"年轻巡捕说道，"关键不是你把炸蔬菜卖给谁，也不是买主在哪儿吃，而是你家招揽顾客供应酒饭然后收取费用。你有没有在这儿招揽顾客并提供酒水和食物？""有呀，我买来了酒，配着油炸蔬菜吃喝了。""这就违反经营法了。""为什么呢？""为什么？因为这种行为不

116

符合油炸蔬菜店的经营项目，依靠招揽顾客提供酒饭并从中获益的是餐饮业，不是油炸蔬菜店。""挂着佩刀口气就是大呀。"朝子单膝跪起身，连珠炮般地斥责。年轻巡捕目瞪口呆，而后慌忙把脸扭向一边，朝子喋喋不休地说着："年轻小伙儿我问你啊，您有没有在自己家里召集朋友吃喝过？有的吧，肯定有的，那个时候呢，请见谅，我猜您的工资应该也没有那么多，那每次叫朋友一起吃喝，是不是都是您一个人请客呢？该不会总是那样聚在一起吃喝吧。不，假如是那样，那么都是一个人请客吗？您看哪儿呢？既然来调查别人，就要好好听人家说话，斜着眼算怎么回事？""没有没有，并没有斜着眼。"年轻巡捕看向朝子，但是为了不让单膝跪立的部位进入眼帘，他痉挛似的把视线固定在对方的胸口以上。

"这个，"年轻巡捕回答说，"这个时候我们会一起凑份子。"

"那这就是巡捕违法经营了。"

"我又没有经营什么。"

"我家也是呀！"朝子说道，"我家那些招揽的客人呀，其实都是朋友，他们都说在朝日屋喝酒最放得开了，于是就都来了。我家是贫困户，不可能每次都请客，让朋友们请客又怪难为情的，所以每个人就出自己吃喝的那份钱。听清楚了，就是您说的凑份子，简单来说就是这么回事。"

"这不一样。"年轻巡捕摘下帽子，用手绢擦了擦额头和帽子里面的汗，"凑份子是按照人头均分，每个人多少多少。"

"是不一样，但就算是不一样，"朝子左右摇晃着立起来的那条腿，年轻巡捕赶忙把眼睛翻上去，朝子说道，“您那边都是明事理的人，不会遇上这种事，我们这边的这帮伙计可不是‘每个人多少多少’这么说话算数的人。有的家伙吃四五十份炸蔬菜，喝一升酒，都面不改色，有些是喝个两合酒就吐，然后倒地不起的废物。如果是做买卖，按人头分赚些昧心钱倒也无所谓，可这不是买卖，不能这么做，每个人出自己那份，不是应该的吗?”

“我真想调走，”年轻巡捕窃窃私语，“我和这个地方气场不合。”

“我说的句句在理呀!”朝子穷追不舍，“叫朋友们来喝酒吃饭，然后大家一起出钱，如果这违反了经营法，那么分署里的您各位凑份子在值班室吃喝也是非法获益。我们家卖炸蔬菜是违法，别人家卖别的东西就不是违法，这道理讲得通吗?”

“阿姨您说得也不算错。”年轻巡捕又摘下帽子擦了擦汗，“算了，我不适合这个叫浦粕的地方，还是把我调走吧。”

不消说，朝子把这个结局当作了光荣事迹。实际上后来分署的部长来了，好像是让她写了检查，要不就是罚了一些钱，但是因为“让大学毕业有头有脸的年轻巡捕理屈词穷”，朝子摇身一变成了巾帼豪杰。至于那名巡捕是不是大学毕业，有没有申请调走，就不得而知了。

盛夏的一个下午，朝日屋的夫妻俩拉开架势大吵起来。导火索是夫妻睡午觉的时候，朝子一脚踹在了勘六的脑袋上。

“别一惊一乍。”朝子说道，“我睁开眼浑身大汗，口渴想让你拿点儿冰，就是稍微戳了一下罢了。”

"稍微戳一下也要分场合吧，啊?"勘六吼道，"女人家家的四仰八叉地躺着，用脚戳丈夫的脑袋，成何体统? 假如踢到了大门的门槛，腿就折了!"

"为什么踢门槛腿会折?"

"混账玩意儿，没听俗话说'门槛就是爹妈的头'①吗?"

"哎，你小子是我爹妈吗?"

"俺要是你爹妈早把你打个半死了，看你是俺老婆才给你留了面子，赶紧给老子起来!"勘六嘶吼着，"当家的说让起来，竟然还有躺着听的，听见没有，让你起来，你偏不起来是吧?"

"烦死了，我又不是个孩子，我爱起来听就起来听，爱躺着听就躺着听。"朝子顶撞道，"而且用得着大惊小怪地说这种'起来听着'的话吗?"

"你这娘们儿，老子忍不了了!"

"你想干什么? 你这个窝囊废!"

随着一声耳光，两人扭作一团，瓶瓶罐罐摔了个七零八碎，一如既往地热闹。

之后只听见一声"滚出去"，当时说话的应该是朝子。

"哪有让当家的滚出去的?"勘六喊叫得都岔了气，"俺可是花了三十日元这一大笔钱把你从红火屋赎出来的!"

"赎不赎是你的事，又不是我求你!"朝子也大喊大叫，"三十日元三十日元，你除了掏了三十日元还干什么了? 这个地方是

---

① "踩门槛就等同于踩父母的头"为日本俗语，意指踩门槛是一种不礼貌的行为。

谁弄起来的？是我跑到日出屋的老爷子那儿去借钱，掏房租的是我，搞装修的也是我，没有我哪来的现在这种日子，难道不是吗？你这个蠢东西！"

"俺受的委屈呢？"勘六哼哼唧唧地说道，"你这家伙还有脸提他，你给店起名'朝日屋'的时候俺就发现了，就是把你的名字和日出屋的名字组合在了一起，老子也是个男人，一直憋在肚子里没有发作，现如今是个男人都不能再忍了，俺这就跟你离了，给老子滚！"

"说什么离了，少装大尾巴狼了。"朝子镇定自若地说道，"要分开就分开，赶紧滚出去，这儿是我的家，话说在前面，要滚也是你滚。"

"走就走，这要饭的破烂小房子谁稀罕。"勘六说道，"不过门口的柜台当初花的是俺的钱，俺要带走。"

勘六光着脚丫子跑了出去。脸上挂着几道血印子，头发稀薄的脑袋上肿着一个大包。他跑到船宿吉井借来工具，嗞啦嗞啦地开始把柜台硬拆下来。

"你这狗东西干什么呢！"朝子跳将出来，尖叫道，"你要干什么？想要把柜台怎么样？你这丑八怪！"

"俺要拿走俺的东西！"勘六叫着，"你等着瞧吧！"

"来人啊！"朝子拖着哭腔叫道，"来人啊，这个盗贼要毁了我的家，来人叫警察啊！"

朝子一个妇人，无论如何也拉不住她丈夫。当然，附近也没有想要助她一臂之力的闲人。眨眼间勘六就把柜台拆了下来，扛着跑去了吉井，借来了吉井的破烂舟，载着这份财产，划向了根户川。

　　"烂骨头——"一直追到了根户川岸边的朝子骂不绝口，直到破烂舟消失得无影无踪，"得了麻风病的海边呆瓜，去死吧——"

贝　贼

　　我乘着我的青舟驶向大海，带着灌了茶水的大茶壶、鱼饼干、小豆点心以及两三本书。虽然不是夏天，但在晴朗无风的天气出海，经过海面反射的阳光也十分炎热。我只穿了一条短裤和一件 Polo 衫，戴着一顶大草帽。到了海上，放下船桨拿起书，任小舟随波漂荡。只要算准涨潮落潮的时间，小舟几乎可以保持原地不动。读书读厌倦了，就用帽子遮住脸，躺在船底睡一觉。记得有一次睡过了头，醒来已经退潮了，很难用桨把船划回去，因而只能狼狈不堪地寻找出海打鱼归来的熟识的机械船，请人家把我拖回浦粕。

　　春夏之交，浦粕海边"活场"的看护人就会忙碌起来。

　　大潮过后，水线会后退四五公里，不仅留下遍地水洼，还会露出一片一望无际的海滩，自然会有很多游客前来赶海。其中有一些人很有心机，趁看护人不备就拿走贝壳，也不付钱。当然有一些游客忘记给钱是无心之举，但有些人则是有预谋地来偷贝壳。每逢游客摩肩接踵的节假日，当班的看护人拼尽全力是常态。

此外，还必须要看紧盯死被明令禁止的"滚轮"。这是一个在三叉棍子头上安装着的、上面插着弯钉子的轮子。若无其事地拖着这个轮子走，水下的小鱼就统统地挂在了这个轮子上插着的弯钉子上，结果就是海底的鱼苗被扫荡一空。为了保护鱼群繁殖，所以才禁止使用滚轮，但只要看护人稍不留神，那些人就不知会从什么地方冒出来，迅速把鱼一扫而空。

月夜的踩鱼人和拾鲈人则要从容得多。踩鱼的故事我已经介绍过了，拾鲈人在其他地方还未有听闻。说的是一些当天生计无着的人们，从东京附近远道而来——听当地渔民说，鲈鱼这种鱼非常迟钝，退潮的时候根本意识不到这是退潮，等回过神来，已经被留在了海滩的水洼里，为了逃跑而乱游乱窜。抓这些鱼就如同是在拾鱼，我经常能见到归来的工人肩上挑着像鲑鱼那么大的鲈鱼。

当时如果把鲑鱼大小的鲈鱼拿到东京的高级酒店，能卖到六七贯，应时当令还能卖到十贯。总是囊空如洗的我也曾想碰碰运气，在退潮之后的海滩上逛了好几次，可惜一条傻鲈鱼也没有见到过。

那一天，我放任我的青舟随波逐流，躺在潮汐之中读着一本名叫《蓝书》的书，读书读厌了忽然发觉潮水已经退去，青舟搁浅在了沙滩上。我放下书，坐起身，吃小豆点心和鱼饼干，喝已经温热的茶水，发了一会儿呆，而后自言自语，要不要捡个贝壳——事先声明，当时我对海滩的规定尚且一无所知，这片海滩是贝壳"活场"，以及"滚轮"什么的一概不知。之后我走下青舟，漫无目的地挖起了沙子，结果挖出了几个拳头大的大魁蛤。

"不得了哇。"我兴奋地大叫，"这真是不得了啊！"

我激动万分，感觉浑身上下都充满了幸福感。个头儿这么大的魁蛤，而且一挖就有，多得难以置信。我暂且把它们搬到青舟上，回过头来接着挖。而后挖到了文蛤。我从未见过这么高品质的文蛤，而且一个赛一个地好，就好像着急地等着人来挖一样，一个接一个地钻出来了。

当时我在洋溢的幸福感之中还感到了一种不安、一种隐忧，就像是一种人们在喜出望外的时候萌生出来的"这是真的吗"的那种不踏实的感觉。而后，这种感觉就好像是应验了似的，一个男人走了过来——是个壮汉。上身是一件及腰长、被称作"布碎"的出海衣服，下面露出陈旧的兜裆布，赤裸的大腿和小腿上长满了湿答答的毛发，而且都是硬邦邦的肌肉疙瘩。被太阳晒得黝黑的面庞上支棱着鲜有打理的髭须，浓密的眉毛下面两只大眼，就像两个对准我、正准备发射弹丸的枪口。

"干什么呢？"男人开口了。

我回答了他，指了指沙子上挖出来的文蛤。男人看了看蛤蜊，又端详了一下我的脸，然后又看了看蛤蜊，接着又端详我的脸。

"从哪儿来？"男人问。

我回答了，男人回头看了看我的青舟，龇牙冷笑道：

"买青舟的就是你啊。"男人说道："这么说来你就是蒸汽河岸先生吧。"

我表示肯定。

"那么说可以相信你了。"男人用一种权力执行者的口吻说道，"这里是贝壳活场，在这儿贝壳可不是白采的。"

他拿起我挖的文蛤，噼里啪啦地扔到有水的地方。果然如此啊，我心说，怎么可能有这种好事，这么大的魁蛤和文蛤一个接一个地冒出来，这么匪夷所思的事早就该意识到了。我一边这么想着，一边走向青舟，像刚才男人处理文蛤那样，把舟中的魁蛤等拿起扔掉，拿起扔掉。将蛤蜊全部解放的男人或许是认可了我的正派，又似乎是有些同情，从沙子里挖出了两个灰色的大贝壳，拿着走到我旁边。

"这东西叫大野贝。"男人把贝壳递到我手上，说道，"这种贝壳随便采，虽然没有多好吃，倒也不算难吃，对了，有点儿像鱿鱼干，味道虽然一般，不过吃起来像鱿鱼干。"

这种贝壳有我两个拳头摆在一起那么大，分量相当重。我生来讨厌鱿鱼干，如今依然讨厌，一旦喝酒的店里开始烤鱿鱼干，我就会毫不迟疑地逃之夭夭。因此我没想要这种味道的贝壳，不过事已至此，也不能给人摆脸色，只得装作兴致勃勃，挖了五个这种唯恐避之不及的贝壳。

这时男人一边走向海边，一边用嘶哑的声音高声喊道："那个人——"

只见大约两百米外的海中一个男人正向西行走。身穿印着商号字样的短褂，光着脚，包着脸，双手交叉背在后腰处，正非常悠闲地走着。那里的水深及小腿的一半，男人在水中停下，回过头。

"你在那边干什么呢?"这边的看护人喊道。

"什么也没干!"男人也喊道。

"问你在那儿干什么呢?"

"你看!"男人松开背在后面的手,挥动着,证明什么也没拿,"俺什么也没干吧!"

"你说你啥也没干。"看护人说道,"那来这儿干什么?"

"遛遛弯儿!"男人回答说。

遛弯儿的意思和走路差不多,这里也可以解释为散步。男人回答着,又优哉游哉、似乎很惬意地走了起来,就好像是老百姓在巡视庄稼地。

"遛遛弯儿?"看护人一边朝他走去一边问,"遛什么弯儿?"

"什么也没有,就是遛遛弯儿而已。"

"到这里遛弯儿?"

"就是到这里。"

"等一下。"看护人加快脚步,"你是哪儿人?"

"问俺是哪儿人?"男人也加快了脚步,"问这干吗?"

看护人脚步更快:"别问为什么,问你是哪儿人。"

"俺就是那边儿的。"

"那边是什么地方?"

"葛西过去一点儿。"

"等一下。"看护人脚步愈发急促,"葛西过去一点的什么地方?"

"过去一点就是过去一点嘛。"男人同样脚步愈急,"你问这个干啥?"

"问有问的目的,站住!"看护人跑了起来,"站住!恁是啥地方的人?"

"俺吗?"男人回答说,"俺啥人都不是!"

"站住!让你站住你跑啥!"

看护人的脚步溅起水花。男人突然蹲下,手向水中摸去,动作极为敏捷,以迅雷不及掩耳之势从水里抄起了一个大包袱,往肩上一搭就跑了起来。包袱里应该是贝壳,看上去是把扎住包袱口的绳头系在了脚脖子上,然后若无其事地在水里拖着。看护人边追边喊,男人扛着包袱逃跑。看护人跑得飞快,逃跑的男人也不慢,两个人奔跑溅起的水花渐渐远去,最终消失在根户川河口。

我一身轻松地坐在青舟里,吃着小豆点心和鱼饼干,喝着温热的茶,又翻开了《蓝书》。

"就是遛弯儿?"我情不自禁地笑了,"但愿你能逃得掉啊。"

鬼　火

　　在行将出梅的一个夜晚——常来做客的水手和船老大们聚集在高品君家的炉边，一边品茶吃点心，一边聊着天。雨虽然停了，但气温很高，廊下的丝丝凉风不时从敞开的拉门吹拂进来。

　　我正在和末吉轮机长下五子棋。末吉轮机长四十岁上下，因为经常出海而肤色黝黑，但却是一个细长脸的英俊男子，不免让人觉得他这人拈花惹草，放浪不羁。但据说其实他不仅烟酒不沾，而且膝下无子的日常生活也是极度节俭——举个例子，他每月工资都分文不动地存入邮政储蓄，生活费都是向高品夫人借。由于节俭生活，计划周全，加之借款也不多，因而下一个月发薪那天一定会如数归还。而剩下的钱依然是全部存入邮局，有需要的时候再向高品君的夫人借钱。

　　"钱又不是很多，没必要推托嘛。"有一次高品夫人对我说，"不过存进邮局是有利息的，让自己的钱生利息，然后向别人借生活费，还是挺会算计的。"

　　源于贫穷的智慧固然质朴，往往又是可悲的。但末吉夫妇的智慧却不是来自贫穷。夫妇的生活确实贫苦，但这种智慧却更近似于贪欲。

"以后可能还要放高利贷呢。"

水手们私下如是议论。

我和末吉轮机长下着五子棋，对方的每一个落子不是三四，便是活四，给人一种一丝不苟的感觉。这时高品夫人指着廊外说道："哎呀，那是鬼火吧？"大小约有三十平方米的庭院的边缘，有一排围墙似的树丛，树丛后面是一块连着一块的庄稼地，除了当中一条通公交车的马路，几乎没有人家。一来当时是晚上，二来梅雨时节雨云密布，一团漆黑，连刚刚插过秧的庄稼地都无从分辨，只见在相当远的地方，有七八丛红色的小火苗排成一行。

"那是在抓泥鳅呢。"三十六号船的留君说道，"铧田那边插秧之后也常有，那是抓泥鳅的马灯。"

然而留君突然沉默了。

那片红色的火光左右飞旋，每一丛火苗同时一分为三。至少有二十丛，它们的位置也更高了。这可不是传言，而是我亲眼所见。那些红色的火苗起初只有七八丛，随后忽然向左右两边旋转，数量不断增加，同时飞到了更高的地方。

"是鬼火。"留君说道，"真吓人。"

"留君第一次见吗？"高品夫人问道。

"俺从来不看。"留君回答道，"听说看鬼火会被迷住。"

"怎么迷住？"渔夫吉君问道，"你这不已经看到了吗？"

"你看俺，"留君回过头，给大家看他紧闭着的眼睛，"俺一发现那是鬼火，立马就把眼睛闭上了，大伙儿最好也不要看啊。"

"到底怎么迷住人?"

"具体俺也不懂。"留君说的时候就好像忌惮周围有什么东西似的，"那团火是假的，正面看着像火，其实狐狸精就在旁边，等人看火看得入迷，就把人的魂儿吸走。"

"把魂儿吸走又怎么样呢?"

"迷住那个人呀。"留君说道，"人有魂儿的时候是迷不住的，所以要先把魂儿吸走。"

"哎哟!"吉君说道，"哎呀呀，俺是头一次听说。"

吉君还在撺掇留君继续往下说。

我望着鬼火。那些火还在变化，又下降到了原来的位置，数量也恢复到七八丛。不一会儿又保持着同等间距大跨度地向左移动，就好像隔着一层毛玻璃似的，看上去歪歪扭扭，不稳定地摇晃着，仿佛是我的瞳孔在震动，又随即向左右飞旋，增加到了二十多丛。

"是气流作祟吧。"

我心想。记得曾经在书中读到，不同密度的气层相交，会产生一种类似于海市蜃楼的现象。那天晚上温度很高，恰逢梅雨时节天气闷热，但时有丝丝凉风拂面。或许是这种气象状况造就了这一现象。实际上应该就如同留君所说，是七八盏抓泥鳅的马灯。眼睛看到的是变化后虚幻的影像，我心里想着，但没有打算与谁分享。

"差不多得了，阿吉。"末吉轮机长说道，"别逗他了。"

他似乎对鬼火毫无兴趣。缓缓抬起一直盯着棋盘的眼睛，对我说道:

"该先生了。"

芦苇里的一夜

记得应该是九月，我划着青舟沿着运河去往东边海滨。那片海滨有之前提到过的海水浴场，出海之前的浅水区可以捕捞沙蚕。沙蚕自然是用作钓鱼的鱼饵，栖息在浅滩的泥沙之中，据说每个月会有五次钻出沙子游向大海，因此又名"五次"，但不知道从学术角度而言是否准确。因为其活动始于半夜，所以渔夫和钓船屋的船老大们都会手持长约一米半的阔口木棉口袋，把钻出洞穴试图游向大海的五次捞进袋中。

我第一次前往东边海滨，与捕捞五次无关。那片海滨有一片芦苇荡，听闻能钓到不少鱼。称之为芦苇荡可能会让人心存疑问，实际上是在辽阔的水域里，像种植麦稻作物一样，规规矩矩、分门别类地培育着茎干粗细、叶片颜色各具特色的芦苇——应该是根据用途加以区别——从晚秋到冬季依次收割。听说到了冬天，这片芦苇荡周边是捕猎水鸟的好去处，茂盛的芦苇之中纵横交错的水路也聚集着大量鱼类。

我把青舟划入一条水道，一如既往地凭借着朦胧的感觉抛下鱼线。收获多少，还是一条都没有钓到，我的笔记本上没有记录。之后我在水道里游走垂钓的时候，偶遇了十七号废船和幸山船长。不知道他是什么时候来的，我听见有人打招呼，回头一看，身后十米远的芦苇丛中，开过来一艘白色涂装的蒸汽船，船尾处站着一个精瘦的老人。

"这种地方钓不到的。"老人操着独具特色的沙哑嗓音说道，"来这边吧，来这条船上钓吧。"

我仓皇失措地应和着，打量那个老人的模样。

那里是水道尽头，对面就是松树荫蔽的岸边，那条船的船头系在那里，因为吃水浅，所以系在岸边的部分就翘了起来，整条船向船尾方向倾斜。看不出老人的年纪，瘦高个儿，穿着双排扣的陈旧制服，头上的帽子镶着锈迹斑斑、已经发黑的饰带和徽章。虽然是通船船长的正装，但是只有上身，下身只穿着皱皱巴巴的浅茶色短裤。脸由于风吹日晒而肤色黝黑，两颊眼窝深陷，下巴却神气十足地抻着，仿佛是因为光线过于耀眼，灰色的眉毛皱在了一起。

看样子老人想与我攀谈，但我却惴惴不安——在这种芦苇荡中出现一条老通船，船上还有这么一个老人，让我感觉非常不真实——支支吾吾地回应了一句"下次吧"，我便忙不迭地划着青舟回去了。

两三天之后的一天晚上，在高品君家的炉边说起了那个老人。

"啊，那是幸山船长呀。"高品君平和地笑着说。

"儿子很有出息，闺女也嫁人了，他就那么一个人过，不喜欢跟人打交道，是个怪老头儿。"

幸山船长在东湾汽船工作了四十多年。十三四岁开始见习，先后担任水手、轮机长、船长，四十余年没有造成过一起事故，他的工作态度堪称典范，因此得到了公司多次表彰。到了退休年龄，幸山君仍然拒绝下船，就这样又掌舵五年。

在这里简单介绍一下嘟噜船长。波木井船长，诨名嘟噜君，是东湾汽船三十六号船的船长，但过了退休年纪依然固执地不肯下船。他浑身上下都是横七竖八的肥肉，一走路，满身的肉就像海浪似的晃个不停。而且韵律还不一致，胸口的肉晃到这边，肚子和大腿的肉晃到那边，走起路来那叫一个不堪入目，旁人看着都替他害臊。而且他能坐着就绝对不站着，能躺着就绝对不坐着。脸也是肥嘟嘟的，由于眼皮耷拉下来，眼睛细得像一条线，视力也极度退化。下巴附近是一层层厚厚的肉褶，脖子一弯，这些肉褶就跟着颤颤悠悠——"嘟噜君"这个诨名就来自这副整体形象，因为过于写实，反倒索然无味。超过二十米，这位嘟噜船长的眼神儿就不济了，因此不能依靠自己的眼力掌舵。于是就把水手留君布置在船头，留君一边叫着"向右转舵""前进""向左转舵""后退"，一边大幅挥舞手臂，船长根据提示操纵舵轮，敲钟向轮机长发送信号。对于公认有些缺心眼的留君而言，这项任务可是无上的荣光，每逢喝醉，他都会得意扬扬地说道：

"没有俺，三十六号就玩完了。"

如同即便如此嘟噜君也不肯下船，幸山船长也坚持不走。后来，也不知道是第几次辞职劝告提到了给予他一大笔退休金，这时幸山船长回答说"我不要钱，把十七号给我，我就退休"。

　　当时十七号业已报废，拴在德行岸边。就算再怎么折价处理，依旧无人问津，因此幸山船长的交换条件被欣然接受。后来他请人把十七号拖到了东边的海滨，拴在现在的位置，并就此开始了自己孑然一身的退隐生活。幸山船长有一儿一女，儿子在T物产公司上班，月薪可观，女儿的婆家也是相当富裕的商家，两边都想把老父亲接过去。幸山船长的妻子很早以前就病逝了，因此就这么把老父亲扔下不闻不问，于情于理也都说不过去。可是幸山船长就是不离开十七号船。用浦粕人的话说——就像藤壶扒在了岩石上。儿子和闺女只好每月送来生活费，以此抚慰自己的良心。

　　水手对船的留恋和感情，常常见于外国小说，而时至今日仍然强睁着昏花的眼睛把住舵轮不放的嘟噜君，以及幸山船长的故事，都让我深受感动。

　　"那艘十七号，"我问道，"就是老人之前一直乘的船吧？"

　　"不是。"高品君柔和地回答说，"只是在当上水手之后搭乘了四五年吧，听说那艘船是由一艘明轮船改装而成，报废之前是专门用来运货的。"

　　我有些失望。因为如果高品君所言非虚，那么这个故事的浪漫色彩将会一落千丈。

　　"那么，"我又问，"为什么要生活在那人迹罕至的芦苇荡呢？"

　　"这个嘛，"高品君在炉边敲了敲烟管（高品夫妻都用烟管抽烟丝），填上新的烟丝，点着火，然后说道，"有种种传言，但我并不了解实情，总之是个怪老头儿。"

秋末，我在那艘十七号船上与幸山船长彻夜长谈了一次。

在那之前，我曾有四五次将青舟划到那里，与船长聊天，有一次还上船看了看。幸山船长每天大部分时间似乎都耗费在打扫十七号和保养轮机上。船体的白油漆看上去总像是新刷完的，椭圆形的船尾板上写着"东·17号"的字样，字样周围一圈是用青色油漆用心勾勒的蔓草花纹。蒸汽发动机同样经常涂油养护，因而就像新船的发动机一样闪闪发光。甲板上的船长席收拾得很整洁，木制部分和舵轮也都擦成了锃亮的米黄色，向轮机部位传令的钟乃至附带的撞针，都保持崭新的面貌。——我觉得这些事实与高品君所言有所出入，于是为了保险起见，我提出了这个疑问。幸山船长用拿着镶有徽章和饰带的帽子的手挠了挠颈窝。

"这个嘛，"幸山船长悉心思索一番，用独具特色的沙哑嗓音说道，"这个嘛，——俺上这条船是十九岁那年的二月，之后待了差不多整整四年，记得差不多是整四年，具体日子记不得了啊。"

这么说来高品君所言属实，对十七号船的确不应该特别留恋啊，我心想。

大概是十月中旬。月色如皎，清冷无风。钓船民宿千本的仓哥儿要领我去捕捞五次的地方，于是我划着青舟同他一起去往东边海滨。——大约是晚上十点，运河入海口是一处浅滩，左右河岸在开始退潮的海水中形成两条沙堤。过去一看，有十五六盏船灯，都是早已聚集在那里的啪咔舟，有些人已经开始布置布袋了。我曾见仓哥儿操作过，把两根签子插进前文提到的袋子的袋口四角，然后把签子竖在水下的沙子里。这样袋口就基本呈四边形，下沿紧贴沙地，钻出洞穴的五次顺流而来，自然落入袋中。仓哥儿一边布置布袋，一边照例是慢慢吞吞、磕磕巴巴地给我讲解上述过程，他话音刚落，就听见有人喊我。

回头一看，幸山船长提着马灯正站在对面的沙堤上。

"逮五次呢?"船长问。

听到我的回答，船长把一只手里拎着的袋子举到胸口高度。

"今晚钻出来得早啊。"幸山船长用沙哑的嗓子说道，"俺已经逮完了，准备回去了。"

而后用一种恋恋不舍的口吻，征询似的说道："要不要一起去船上?"

我看着仓哥儿，他正闷不作声地布置另一个口袋。尽管稍有些为难，但船长恋恋不舍的口吻紧紧揪住了我，我不可能甩手回绝。我对仓哥儿打了一声招呼，便划着青舟跟在船长的啪咔舟后面离去了。郁郁繁繁的芦苇丛中，水道被月影遮蔽，昏黑暗淡，不知道在哪里拐弯才是正确的路线。但对于幸山船长而言这是轻车熟路，穿过我从不知晓的九曲回肠的狭窄水道，不消片刻便抵达了十七号船。

大概三十分钟之后，我们便挤在长约四席的狭小船舱里喝上了茶。虽然所有的船上都有类似的为跪坐以及垂足而坐的客人设计的船舱，但因为这艘十七号原本是明轮船，所以感觉上要比其他通船宽敞一些。左右是镶嵌着玻璃的舷窗，后面是与轮机室分隔的板墙，前方是设置有临时休息处的大船舱，里面安装了拉门，地面上铺着四张榻榻米。板墙上钉着架子，上面摆着一个小佛坛和六七本书，书的旁边是一个镶着玻璃的木偶盒子，被用作书立顶着书。似乎是在临时休息处的船舱做饭，不过这间舱室也有一个小火盆，火盆旁边是茶柜、折叠矮饭桌、炭笼、柳条箱、摆着棋盒的将棋盘，以及其他零零碎碎的工具用品，完全是一个爱干净的老人的独居生活应有的样子，到处都收拾得井井有条。

"那个木偶是不是挺可笑的？"船长追随我的视线问道，"是挺可笑，毕竟不是这个年纪该有的物件，之前儿子带着孙女回来的时候——孙女那时候五岁，哭闹着想要，儿子也求我给她，不过俺没给，一直就放在那边，到如今也舍不得丢掉啊。"

记得我好像说了些什么，内容有关爱船如命的船长的水手气质。

"刚才听仓哥儿叫你'先生'。"幸山船长笑道，"俺也不知道你是什么方面的先生，能这样看待俺，俺很感激，不过原因倒也没有那么复杂，只是因为臭小子们跑来把船弄脏了，又是涂黑油漆又是抹泥巴的。附近的臭小子们真是让人头疼啊，没来由地看不惯干净东西，弄烂了弄脏了才痛快。没法子，骂他们也没用，所以每次俺只好重新刷漆，反正除了俺也没有人拾掇这家伙了呀。"

之后又接着聊了一小会儿，不过内容如今已经忘记了，不知怎么的，不久幸山船长讲起了风花雪月的往事，我听着，尽量假装出一副漠不关心的样子。为了更好地刺激讲述者的表达欲，根据不同的讲述者，有两种不同的倾听方法。有些人需要倾听者兴致勃勃，表现出强烈的好奇心；另一些人则正相反，他们讲述时最好保持一种心不在焉的平静态度。如果做错了选择，那么常常会错失好故事。我感觉幸山船长应该属于后者，这个直觉似乎没有错，船长没有任何戒心地娓娓道来。

故事其实很简单。

船长初恋在十八岁。对方是新堀川一家小杂货店店主的女儿，名叫小秋，比他小一岁。这场恋情天真懵懂，但又温馨而纯粹，不过这份纯粹只维系了三年多便告终结。并不是因为两人变心，而是姑娘的父母棒打鸳鸯。——那位父亲是个十分精明的男人，一门心思想要种芦苇，得到了县里的许可之后，便把从根户川下游直至浦粕东部海滨的广袤地域的产权收入囊中。葛饰至浦粕一带是著名的海苔产地，因此，就连用来晾晒海苔的海苔席子（大小约二十厘米见方，用细苇茎编织而成），其需求量之大也是惊人的，加之其他用途，种植再多的芦苇也不过分。于是新堀川的小杂货店以肉眼可见的速度发家致富了。盖起了新房子，建起了堆放收割下来的芦苇的仓库和海苔席子编织工场，挂起了"大叶屋"的招牌，那位父亲也成了人们口中了不起的"老爷"。

"大叶屋——"说着幸山船长用喉咙笑道，"孩子们都起哄叫他们'钱屋、钱屋'。"

姑娘二十一岁的时候出嫁了。

据说对方是根户川沿岸一个叫永岛的地方的大财主，临近婚期的一天，姑娘事先与幸山船长约好在东边海滨的松林幽会。姑娘把带来的木偶盒子递给他，哭着说道："我虽然嫁给了别人，但我的心都埋进了这个木偶里，请你拿上它，就把它当成是我。"这种故事如果诉诸笔墨，则不过是老生常谈、平淡无奇，但听着幸山船长亲口讲述，这种"平淡无奇"的纯真却让我大为感动。

姑娘说："反正都要嫁人了，我的身子任你摆布。"好几次都不管不顾地逼上前。船长也想索性一不做二不休，但因为从未触碰过女人的身体，对于必要程序不甚了了，最终什么都没有发生便分开了。

姑娘的婆家临近根户川，因而每次幸山船长乘船经过，她都会走上土堤露一面。每一艘通船的排气声和轮机的声音都各不相同，听得久了，能够分辨出是几号船。姑娘一定远远地就听出了十七号船的声音。她有时头戴头巾，束着衣袖，下摆扎在腰间——可能是在洗衣服，慌慌张张地跑上土堤。站在土堤上，她既不挥手也不打招呼，更不看船，只是在船经过的时候，让他看见自己在这里，而后若无其事地瞄他一眼。这段航道大约长五百米，两人能够看见彼此的距离大约长三百米。逆流而上时航行时间最长五分钟左右，顺流而下时则不到三分钟。这水上与土堤交汇的时间短暂易逝，但是不被旁人知晓的爱意的交换，是年轻时的他在这人世间不敢奢求的幸福。

不久十七号船成了货船，他被调到了十九号船。一度五十多天他都没有看到她的身影。就这么完了吗？姑娘的热情消退了吗？比两人被迫分手时还要强烈的不安和绝望笼罩着他。不过一切只是多虑，这段时间她一直在坐月子。再度现身于土堤上时，她怀抱着包裹在襁褓里的婴儿。

"你说怪不怪，"幸山船长说道，"当时没来由地，俺就觉得她抱着的是俺的孩子，她生下的是俺的孩子，现在抱着的就是俺和她两个人的孩子，先生听上去一定觉得荒唐吧。"

她生下的是一个女孩。

后来才知道，她生孩子的时候难产，所以身体变得虚弱，能够在土堤见到她的时候越来越少了。不过，这一次他并没有感到疑虑和不安。在他看来，既然做了大财主家的主妇，又生了孩子，偶尔也会不太方便，自然不可能每次都到土堤上面来。

他在二十七岁的时候当上了轮机长，并且结了婚。对方是老家水户乡下长大的姑娘，性格泼辣，言谈举止都大大咧咧，他从一开始就不喜欢。妻子生下儿子和女儿，三十二岁就死了，但直到妻子去世他都从未体会过爱情的滋味。妻子或许也是一样，就算看见玻璃盒子里的木偶也从未多想，至于他有没有爱情，更是无所谓。

"芦苇唤来了风啊。"幸山船长忽然偏过头去说道，"去外面吹吹风吧。"

我们走上甲板。

走出放着火盆的狭小船舱，晚秋清凉舒爽的夜风沁透肌肤。一个个懒洋洋的皮肤细胞呼吸了新鲜的氧气，重新焕发了勃勃生机。

"是啊，芦苇唤来了风。"船长回答我的问题，"你看，是在东边呼唤的，因为风是从东边吹来的。"

的确，沉静的微风从船长手指着的方向吹拂而来。我掏出烟和火柴，抽起烟来。也敬了船长一支，但船长说不想抽，没有接。月亮明显西移，天空中云彩也在飘动。岸边草丛中传来阵阵虫鸣，每当微风拂动芦苇，露珠便从叶尖滑落，空气中充满了清爽的气息。只有云彩从月亮前飘过时，四周才会稍显昏暗，一旦云朵飘过，这片风景便洒上了一层清辉，犹如水中倒影。

幸山船长坐在船长席上，双手把住舵轮，向左右转了转。随后拉响了紧挨着右手边的传令钟。"当——当当——"一响之后马上接两响。

"后退，这是船后退的信号。"船长说道，"船靠近永岛，就要这样鸣钟，大喊后退，然后喊微速前进，再这样鸣钟。——那是俺当上二十九号的船长以后的事了。"

他在三十五岁当上了船长。依然维持着水面与土堤之间三百米的幽会。当然这种幽会并不连贯，有时因为其中一方不方便，会有很长一段时间不能相见。这段时间里她成了三个孩子的母亲，而他失去了妻子。两人虽然都为生活琐事所累，但仍旧尽量保持相会。两人并没有更进一步。他从未靠近过永岛，如果长时间见不到她，就会担心她是不是病了。有时她是真的生了病，从旁人那听到消息，他便会迸发出一种难以抑制的冲动，想要去看看她。但是他能够凭借自己身体里某种比自己更强大的力量，克服这种汹涌的冲动。

"只有一次，我到她旁边说了句话。"幸山船长倚在舵轮上，语气里带着笑意，接着说道，"那一次，是老婆子去世前不久，她带着孩子，从德行上了俺的船，带的是个四岁左右的小女孩，俺帮她把那个孩子从跳板抱上了船，她也跟着走过跳板，接过孩子的时候说了句'麻烦你了'，俺也说了一句，到现在还没忘，俺说的是'今天是个好日子啊'。"

幸山船长闭口不言，默默地望着岸边的松树林。

"麻烦你了。"船长轻声重复着，"今天是个好日子啊。"

他四十二岁那年，她死了。

得知此事，已经是六十多天之后了。因为此前有几次也是时隔许久未能见面，所以他也没有特别担心。而当他听说她六十多天以前就病逝了的时候，他坠入一种难以名状的情绪之中。伤心，是真真切切的伤心。一想到在这个世界上再也见不到她，他连握舵轮的气力也荡然无存，一个人闷在家里平复了六七天。然而，就在悲痛和绝望之中，产生了一种仿佛是松了一口气似的、近乎喜悦的感情。

"怎么说才好呢，"幸山船长用手指抚摸着倚靠着的舵轮，沉吟片刻，说道，"这么说吧，俺觉得，她死了以后像是回到了俺的身边，被借走了很长时间的东西又还给了我，就是这么一种感觉，俺后来擦掉了木偶盒子上的灰尘。"

她曾说过，虽然嫁了人，但心都埋进了这个木偶里。他感觉就在此刻这句话变成了现实。

妻子死后，他一直过着单身生活，但他并不孤单，她始终与他相伴。因为顾忌儿女的眼光，所以他从未在言谈举止上表露出

142

来，而是在心中与她交谈。

"今天大舢板在竖川扎堆儿了，到高桥用了五个小时呢。"

"那真够受的，累了的话就喝点酒吧。"

"不了不了，俺喝了酒之后反倒更累。"

"你呀，就这点不好。"

类似的对话就恍如现实一般。既不是自问自答，也丝毫没有虚幻的感觉。当他期望她说些自己想听的话时，她甚至常常会违背他的意愿，或者是孩子气地闹别扭。

"她有时候也想回家看看。"船长说道，"想去看看孩子们嘛，也不是不行，俺把船开到永岛，后退，然后微速前进，这样她就能回家了。"

没有任何人知道内情，也没有被谁察觉。他们只是不明白为什么偏偏是接近永岛的时候，要让船"后退"，然后"微速前进"，也有人说他脑子不正常。

"直到现在大家还都以为是俺的脑袋不大对劲呢。"说着船长觉得很好笑似的，从喉咙里发出笑声，"他们都觉得俺要了这艘破破烂烂的十七号船，在这种地方一个人生活都是俺脑袋坏掉了。"

"说俺是一个人生活，"船长又露出狡黠的笑容，"大家什么都不知道，俺也没有对任何人说起过这些事。"

幸山船长沉默了。

我注意到他迷离的双眼，正注视着岸上像黑色剪影画一般的松林。而后幸山船长伸了个懒腰，环顾四周的芦苇荡。

"很快就要开始割芦苇了。"船长说，"之后猎手就该来了，没有比那更烦人的了。"

　　天空泛白，我划着我的青舟离去。此后再也没有去拜访过幸山船长。

浦粕的宗五郎

有个传闻甚嚣尘上，称某位企业家要在根户川下游，冲之百万坪的地块边缘建造一座大型垃圾处理厂，可能已经向县里递交了申请，也可能已经拿到了许可证。

垃圾就是通常意义上的清洁垃圾，据说处理之后的废弃物会沿着根户川排放到大海里，这会导致鱼苗和贝类灭绝，事关周边所有渔民的生死存亡，因而引起了轩然大波。——这种说法日渐扩散，激发了强烈的舆论反响，凡有人聚集之处，必定会讨论这个严峻的问题。

一天晚上，一大群人在钓船民宿千本的一楼客厅展开了讨论。船宿为了招待钓鱼客人，既准备了可以和衣而卧的地方，又备有简单的饮食。下属的一些船老大也有在这里住宿的，因此不论是二楼还是楼下，房间都很宽敞，船老大和渔夫、水手们有时候也会聚集在一楼客厅，边喝边闹，十分热闹。

那天晚上照例都是熟脸：千本家的长子铁哥儿、已经嫁人的小和、年方十七貌美如花的二女儿小澄、小学六年级的二儿子小久、小学三年级的长太郎、三女儿志月。户主名叫和助，经营船宿的手腕号称浦粕第一，而且事实上也确实是经常宾客如云、门庭若市。

"这算怎么档子事，就是那个事。"一名渔夫说道，"这整个相当于是娶了一个得了恶病或是广疮的女人嘛，咱们往坏处想就对了，生下个血液糜烂的儿子或孙子，这种事儿谁也不想摊上吧。"

"广疮是什么?"在一旁听着的小长问道。

"还没睡啊?"和助一边补着渔网一边说道，"小铁和志月都睡了。"

"城里那帮家伙自己丢掉的垃圾就应该他们自己收拾。"一个中年船老大说道，"把垃圾扔到俺们头上，没这个道理，俺们都是自己的事自己做。"

"那家公司的家伙们就是《伽罗先代获》里面的荣御前。"一个五十来岁的船老大征询似的对仓哥儿说了句"是吧"，然后说道，"说什么得到了县里的许可，牛气冲天地威胁咱们。这是要给咱们吃毒馒头，把咱们当成千松啊。"

"爸爸，"小长又问，"千松是什么?"

"不是让你睡觉吗?"和助说，"小孩子别打听这些事。"

"你说错曲目了吧。"另一个五十岁上下的渔夫说道，"吃了毒馒头的是加藤清正，他中了德川家的计。"

"那你说，"之前那个船老大反问道，"先代获里面千松吃的是啥?"

"那是执权的计谋，执权的话那一定用的是上等的干点心。"

"你说的不对。之前俺看歌左卫门演戏的时候，木盘子里面摆的就是馒头。""那是草台班子。""就算是草台班子，市村歌左卫门也是被称作'乡村团十郎'的名角儿，有一次演御千岁的时候真的在舞台上吃了荞麦面，明明不是馒头，戏剧怎么可能用馒头来充数，糊弄观众呢?""是啊是啊，"有人附和道，"之前扮演国定忠治的时候也是。"——就这样，话题跑到了"乡村团十郎"实在且精湛的演技上，大家聊得热火朝天。这只不过是一个例子，不论是在罐头工厂、公所的接待室，还是在根户川亭和堀南的西餐厅四丁目，也不限于渔夫和船老大，但凡有四五个人凑在一起，马上就会讨论浦粕生死存亡的问题。

这种趋势愈演愈烈，最终有人提议举行町民大会吧。第一届大会在梅之汤召开。通知说下午六点开始，我五点半左右出了门。澡堂子里宽阔的冲洗处铺上了薄席子，这便是听众席，澡池子盖着盖子，上面又铺了一层板子，摆了一张旧桌子当作演讲台。没人看鞋子，大家都自己拎着自己的鞋，有心之人来时还带着坐垫。——讲台后面的墙板上贴着一排"反对设置垃圾处理厂演讲大会"的传单，后面还有写着演讲人姓名的传单。前来声援的演讲人中似乎有从县里和市里来的议员的名字，但并不确定，再者也没有这个必要。因为实际上最后谁也没有演讲成。

开场之前，会场几乎坐满了。之前总是在曲艺场浦粕亭转圈卖东西的女人，在听众中间挤来挤去，边走边叫卖着"饼干、饮料，花生、奶糖"，买卖非常不错。孩子们踩着大人们的肩膀上蹿下跳，打打闹闹，大声哭叫。人们吃着饼干，摆弄着玻璃饮料瓶聊着天，坐得相隔较远的朋友互相高声呼唤。仔细一看，讲台旁边，也就是搓澡的出入的地方站着三名巡捕。三人整齐划一地把帽子的防风绳扣在下巴上，手上戴着白手套。这副穿着就像东京等地举行反政府演讲时现场检查的警官的装扮，我预感到要出事。但町里的居民们对这种戒备森严的气氛显得无动于衷，喝着柠檬汽水，啃着饼干，亮开嗓门聊得不亦乐乎。

六点二十，主持人登上讲台。因为落脚的地方不稳当，所以他战战兢兢地试探着蹭到桌子前面。

"前屈后撅地干什么……"有人叫道，"老婆又不在，好好把腰挺起来吧！"

一阵傻憨憨的哄笑声后，空旷的澡堂子里响起了一片喧嚣的回音。

我记不得那个主持人是谁了，但是从我所在的位置看得一清二楚，他由于不熟悉自己的任务，上台以后面色惨白，扶着桌子抖似筛糠。这更是让听众们乐不可支，嘲笑挖苦的声音此起彼伏。就连孩子们也来了劲头，叫喊着："喂，别那么胆小！""老婆不在，别害怕呀！"

当然不是所有听众都这样。也有不少人发自内心地认为这次演讲大会关乎町的生死存亡，因而也能听到维持秩序和鼓励主持人的声音。这时，听众中间突然冲出一个年轻人，一个箭步跳上讲台。年龄有二十六七岁，上身是印着商号字样的短褂，下身只穿一条短裤，上台之后一下子把两只手高高举起。

会场安静下来，听众的目光都集中在这个年轻人身上。

"这是什么扯淡演讲会？"年轻人大喝道，口气就像是一个怒气冲冲的醉汉，"聊大天是不能阻止他们的，俺要杀了那家公司的兔崽子们，俺要成为佐仓宗五郎！"

话音刚落，巡捕敲了敲佩刀。

"停止演讲！"巡捕举起一只戴着白手套的手喊道，"演讲会解散！"

这是怎么一回事，一时间听众还无法理解。

我随即走出会场，之后造访高品君家，随后聚集而来的熟客们聊起了演讲大会的事，夸赞那个跳上讲台的年轻人的勇气和决心。

"'俺要成为佐仓宗五郎！'"秋叶轮机长很感慨地说道，"能在大庭广众面前说出那种话，他到底是打哪儿来的？"

"不知道啊。"三十六号船的留君摇了摇头，"那张脸没人见过，不过确实挺了不起的。"

"俺要成为佐仓宗五郎呀。"渔夫源君说道，"要是能有五六个像那样能豁出命去的人，早就把那家公司铲平了。"

"没别人了。"源君接着说道，"这次的事儿，全指望那个小伙子了。"

第二届演讲会会址设在浦粕座，规模更加宏大。与会听众比第一届多了将近一倍，而且比第一届的时候更严肃、更紧张。不过，一宣布开会，那个年轻人就再度跳上讲台。听众拍着榻榻米，鼓掌欢呼，仿佛是在迎接一个凯旋的英雄。年轻人与第一次如出一辙，叫嚷着要杀死公司那帮家伙，叫嚷着"俺要成为佐仓宗五郎"，而后现场检查的巡捕——这次巡查部长来了，下令停止演讲，演讲会解散，并把年轻人带走了。

演讲大会一共召开了五次，然而没有一个人就议题发表过演说。因为每次那个年轻人都会跳上来一番煽动，满口过激言论，然后就这么散会了。我第二届之后就没再去过。之所以不去，是因为我已经基本推断出了剧本概要，不论开几次会，结果也都是一样。那个年轻人被巡捕带走，然后下一届大会又重新现身。就这样在第五届大会之后，主办方收到了派出所的非正式通知，大意是"这种过激演讲不合时宜"，于是就坡下驴，放弃了这项活动。

从那以后年轻人也消失了，最终也没弄清楚他是谁、从哪里来。每当居民们想起那句"俺要成为佐仓宗五郎"，都会由衷感慨："要是有五六个那样不怕死、有骨气的人，那帮牛哄哄的家伙哪敢胡作非为。"

垃圾处理厂最后如何，我记不得了。

俺没有反抗

秋夜九时许，船宿千本在店门口摆出三条长凳，船老大和渔夫们一边纳凉，一边聊天喝酒下棋。这一晚月色溶溶，天空中只有星星点点的几片云彩，根户川的水面波光粼粼，对岸同样明亮，家家户户清晰可辨。两名年轻的船老大正在下着将棋，尽管电灯光照不到店外，但排兵布阵丝毫不受影响。三条长凳坐了十二三个人，大约一个小时以前里面还夹杂着孩子，人数也更多，不过现在人们渐渐离去，行人也几乎看不到了。

岸边并排拴着三艘通船，几艘钓船和啪咔舟，上面没有一个人影，船沐浴在月光之下，仿佛是静静地依偎在一起。这时，一个少年出现在葛西汽船三十二号上，他走过跳板登上河岸，而后穿上草鞋来到千本。少年身材精瘦，明显是因为海上风吹日晒而肤色黝黑，但是椭圆形的脸上眼鼻都格外醒目，可以算得上是一个美少年。尤其是轮廓清晰的浓眉和澄澈中略带一点古灵精怪的眼神，为他的相貌增色不少。

"打一升酒，"少年走进千本店铺，叫道，"记在野口轮机长的账上。"

店里的二女儿小澄从里面走出来。

"这不是阿银吗?"小澄说道,"你还在船上呀?"

"野口轮机长打一升酒,"少年说道,"来点儿小海味。"

"哟,小美男子来了。"店门口的长凳上有人跟少年打招呼。

"银公啊,"正在看棋的一个船老大问道,"三角的小吉怎么样,到手没有呀?"

"昨天呐,"在最靠边的长凳上喝酒的一个中年水手说道,"安田屋的小露是不是又送给你一双草鞋呀,小小年纪,挺有手段啊。"

少年没有回头,也没有开口。以一种少年时代应有的新鲜活力,在脸上展现出了骄傲的自尊心和对成年人的轻蔑与优越感。店里只留了一盏电灯,其余的都关掉了,所以在屋外水银泻地般皎皎月光的映衬下,宽阔的钩形土地门厅看上去比实际要更为昏暗一些。小澄拿着酒瓶和带盖容器从门厅里面走出来。因为趿拉着草鞋,所以听不见脚步声。她招招手,少年走上近前,这时她把手里的酒瓶和带盖容器放在一旁,敏捷地搂住少年亲了一口。少年一动不动,身体和脑袋笔挺,两条胳膊贴着身体垂在两边。小澄似乎有些意犹未尽,但又迅速放开了少年。

"好了,你的酒。"小澄说道,"这里面放的是烤鲫鱼和时雨煮。"

少年接过两样东西,走出店门。

最开始叫他"小美男子"的男人问他:"今晚是在三十二号幽会吗?"

但是少年一言不发,穿过马路,脱下草鞋夹在腋下,走过跳板，消失在三十二号船上。

他是三十二号船的见习水手，十七岁，大家都叫他"银公"。不知道他的姓氏，也不清楚他真正的名字叫什么，可能是银次或银太，也可能是银造。一般来说这个地方没人会对这种事情感兴趣。当然，所属轮船公司是登记在册的，町公所的户籍簿上也应该有所记录，不过，日常生活中这都无关紧要。一提起三十二号船的"银"无人不晓，就是那个不论是在德行还是在浦粕，都最受姑娘们青睐的年轻人。不仅仅是德行和浦粕，他在通船航线上所有的码头，以及码头周边可谓是家喻户晓。其中很多码头都有姑娘翘首以盼，三十二号船抵达后，纷纷向他献上礼物。这里只举一个例子，因为水手在甲板工作时会穿着麻里草鞋，所以礼物里面草鞋最多，他身边永远囤积着十五六双崭新的草鞋。其中不乏手工编织，非常新潮或凝聚匠心的作品，除此以外，不同人赠送的鞋子鞋带颜色也会不一样。无须旁人提醒，这都是姑娘们自己想出来的主意，以此向其他姑娘宣示竞争的决心，而通过这些鞋带的颜色，银公能够一目了然地找出赠送人。

比方说，当三十二号船靠近 A 码头，他便穿上等在那里的姑娘赠送的草鞋，极力装出一副若无其事的样子，让对方看到他穿着自己送给他的草鞋。然后当船抵达 B 码头，再穿上在 B 码头等候的姑娘赠送的草鞋，让这一事实给对方留下深刻的印象。然后从 C 到 D，从 D 到 E，从 E 到……按照顺序，精准无误，如此往复，而且绝对不会出现把 A 和 C、E 和 F 弄混的错误。可以说这也是一种天赋，不单是要通过鞋带颜色区分多达十五六双草鞋背后的赠送者，还要在见习水手繁忙的甲板工作期间换上正确的草鞋，如果没有天赋无论如何也难以办到。之所以这么说，是因为多年后笔者也有了亲身经历，才意识到银公的才能是多么超凡绝伦。

浦粕也有几个女人对他一往情深，高品君的女佣留美就是其中之一。老话重提了，高品家是东湾汽船的大股东，高品君在蒸汽河岸的宅邸就经营着码头。因为夫妻俩没有孩子，高品君又要去东京的报社上班，琴夫人便以经营码头消磨大把的闲暇时间。售票处与住处相距不远，只隔着码头栈桥和一条马路，是一间面积不到七平方米的小屋子，里面铺着两张榻榻米。我想留美大概有二十二三岁，大骨头架子，膀阔腰圆，是个性情温厚、办事认真、手脚很勤快的姑娘。身为女佣，她主要负责宅邸里的杂务，因为是夫妻二人世界，所以杂事也没有那么多。每天有一半以上的时间都待在码头，给琴夫人打打下手，渐渐地夫人干腻了，就把很多码头的事都交给了留美。

不久留美忙完了家里的杂务，就开始住在售票处。第一班船是早晨五点出发，住在售票处不至于错过客人。因为葛西汽船也在同一时间发第一班船，如果不按时开始售票，那么客人就会跑到葛西汽船那边。——所以，留美的建议正中东家下怀。她把寝具搬到了小屋里，基本上是晚上十点，忙完了宅邸的杂活，她就去小屋那边。就这样一天天过去，直到高品夫人目睹了令人震惊的场面。那是一天半夜，有什么事一定要去问一下留美。虽说是半夜，也就是十二点左右，因为高品君家经常熬夜，所以也没觉得太晚，于是夫人没有多想便直奔小屋。结果，当她走到小屋门口的时候，听见里面传出异样的呻吟声，不由得打了个寒战，吓得一动也不敢动。琴夫人是浅草一家寿司店的独生女，有着平民家庭出身应有的直爽性格，也可能是三十二三岁还没有生孩子的缘故，还有一颗少女心和几分不谙世事。因而当她听见那种异样惊悚的呻吟声，她的第一反应是留美会不会被人捅伤了，就快要死了，琴夫人吓得僵直的腿脚一时间动弹不得，然而呻吟声却一声叠着一声。夫人胆战心惊地靠近门口，恍恍惚惚地拉开了门。只见铺着两张榻榻米的隔板上点着一支蜡烛，烛光下，留美正在一边扭动一边不停呻吟。"留美，"夫人颤抖着叫她，"留美你怎么了？"但留美就好像没听见似的，夫人走上前去。突然，从留美的肩头，露出了银公的脸。银公仰面朝天，表情泰然，好像什么都没有看到一样——按照高品夫人的说法，那张面孔就好像是"脑袋在理发店让人剪掉了似的"，他脸上挂着那样一副表情唤留美："高品先生的太太来了。"留美停止呻吟，但仍未停止有节奏的扭动，就好像被噩梦魇住了，意识到这是一场梦，但却无法挣脱，也就是正处于神经活动暂时不能顺利切换的状态之中。银公躺在那里，依然泰然自若，从下面戳了戳留美的肩膀，说道："喂，跟你说高品先生的太太来了。"

"你怎么会干这种事？"

夫人说着，瞪圆了眼睛，表情看上去是真的大为震惊。银公第二次提醒之后，留美的身体终于停止律动平静下来。然后留美保持着那样的姿势，只是把头慢慢地扭过来，看着夫人，似乎很诧异一般问道：

"怎么了，夫人？"

次日，高品夫人把留美叫过去问话。留美回答说已经和银公定下了终身大事，摆出一副无论他们做什么都轮不到别人说三道四的正儿八经的态度。夫人说不管他们如何定下婚约，对方终归是个十七岁的半大小子，还与其他姑娘纠缠不清。而且就算是要结婚，假如眼下就怀孕了也是一件麻烦事，总之苦口婆心，但据说留美回答说她自己的事自己已经想得很清楚了。在此把后话告诉读者，之后留美真的怀孕了，银公也远远躲开，她只得尽早返回老家。至于她的老家在哪里，我的笔记本里没有记，可能是茨城县的某个地方吧。回家之后马上就在当地嫁人了，并且给高品夫人寄来了明信片。

"我自己其实没必要管闲事的，"高品夫人给我看那张明信片的时候说道，"那孩子自己的事自己已经想清楚了嘛。"

书归正传，船宿千本店门口，坐在三条长凳上的人们喝酒聊天，或是下着将棋。没有人在意银公来拿酒菜，以及他拿着酒菜返回了三十二号船。但就在此时，就在这边众人未曾察觉的时候，一起事件正在进行当中。长凳上的人们全然不曾注意，输棋的一个年轻船老大丢掉棋子，长长地打了一个哈欠，说了句"俺也来一杯吧"。话音刚落，就在年轻的船老大站起身说要来一杯的时候，骚乱突然爆发。

"别跑！"一声大喝揭开了骚乱的序幕，"跑也没用，俺认得你的脸！"

长凳上的人齐刷刷地站了起来。

那个喊声来自三十二号船。过去一看，有人在船头船尾以及船舱周围的过道，忽左忽右地跑来跑去，一连串踩在甲板上的声音之后，传来了响亮的水声。

"巡捕抓人呢。"一个渔夫说道，"赌窝被端了。"

月光下，一个黑色的人影飞快地绕船奔跑。方才的水声应该是什么人跳进了河里，一个人跳上了系泊的啪咔舟，抄起船桨想要把船划走。双手抓着船桨，把全身的力气都用到了船桨上，但啪咔舟只是左右摇晃。

"回来！"三十二号船船头，一个男人（便衣警官）叫道，"跑也没用，回来！"

啪咔舟上的男人回过头看看对方，发现啪咔舟纹丝未动，而且缆绳都还没有解开，说时迟那时快，他抓着船桨纵身跳进河中。

船舱周围的过道上晃动着三四个纷乱的人影，一个跳上舱顶，一个便衣紧随其后也跳了上去。有两个人绕着过道奔逃，其中一个从船尾跳下了河，另一个跳上了并排靠泊的啪咔舟，然后一条船接一条船地跳船逃跑，消失得无影无踪。这一切都发生在大约六七分钟之内，最多不超过十分钟。不论是抓人者还是逃跑者，他们的动作都由于极度的紧张而显得十分笨拙，那种笨拙迟钝看上去让人牙根一抽一抽地发疼。譬如正在追捕逃犯的便衣想要从后面抓住对方的衬衫，手指尖几乎已经碰到了衬衫，眼看就要抓住了，结果逃跑的那个男人忽然一个后仰，就这么一下子，便衣的手就没碰到。再比如，后来听说逃到舱顶的那个人是野口轮机长，当时他跳上去之后，追来的便衣抓住了他一只脚的脚踝。然而那个便衣可能是对于抓住对方脚脖子这一情况自己先吃了一惊，或是自己都不敢相信抓住了脚脖子，一下子不知所措，野口轮机长赶忙抽出脚逃走了。

"窝囊废。"在岸边看热闹的人群当中不知谁说道，"这不一个都没抓住嘛，现场抓捕居然还有这么饭桶的。"

这时船舱里发出"呀——"的一声尖利惨叫，接着所有响动归于沉寂。仿佛是吵闹的收音机猛地被关掉了开关，顷刻之间响动和人声都静止了，船上和岸上也都鸦雀无声。

"疼啊！"一阵哭喊声从船舱里传来，"妈呀，疼啊！"

"是银公。"岸上人群中一个船老大小声说道，"刚才是银公的声音。"

众人屏住呼吸，向船上投去期待的目光。不一会儿，三名便衣抓着银公的胳膊从船舱走了出来。

银公双手抱头，便衣一前一后将其夹在中间，他走过跳板的时候还不停尖叫，疼啊，疼死了。便衣有三个人。其中一人先上岸，呵斥岸边聚集的人群："别碍事，走开走开，看什么热闹。"说着右手拿着一根长约一尺的棒状物左右挥舞。

"是捕棍。"一个人低声说道，"看呀，这就是戏里用的捕棍。"

"妈呀——"银公叫着，"俺就要死了，疼啊！"

两名便衣夹着他走过跳板的时候，出现了好像水滴落到河面的滴滴答答的声响。岸上的人都不知道那是什么声音，等他们看见了走上岸边的银公，有个人顿时像是被吓破了胆似的叫了一嗓子："是血!"只见少年的衬衫被染成了暗红色,血从捂着头的手底下流淌而出,少年的半边脸都被染红了。

"这事儿大了。"另一个人说道,"这下糟了,看啊,那么多血。"

愤怒的火焰在聚集的人群中熊熊燃起。在场所有人的感情拧成了一股绳,聚成了一团火,他们要挑战"官权"。

"阿银,你干什么了?"一个船老大问道,"哎,你到底干了什么才遭了这份罪?"

"俺什么也没干!"银公尖声大叫,"俺只是在值班,俺什么都没干,俺也没有反抗!"

"没错!"不知是谁喊道,"俺们在这里也看见了,银公没有反抗,在这里的都可以作证!"

"俺没有反抗!"少年从对自己的声援中获得了力量,声音和动作都竭尽所能,叫道,"俺没有一点反抗,俺快要死了,妈呀,疼啊,好疼啊!"

"快走!"一个便衣捅了一下少年,"老实点!"

"俺快要死了啊——"

"老爷,"千本的老板和助走上前,"你们是打算就这么把这孩子带走吗?"

几名便衣回过头。

"您看这血。"和助接着说道,"就这么带走的话,半道儿就会失血过多死掉的呀。"

"没错,会死人的。"大家纷纷喊道,"到不了一町就死了,阿银犯了那么重的罪吗,干了什么坏事至于让他送命?"

便衣们停下脚。三个人都有些惶恐，甚至可以说是战战兢兢，面容僵硬，目光游离，都哆嗦起来。

"去俺店里吧。"和助说道，"稍微包扎一下，起码要把血止住再走，来吧阿银，来。"

和助抓住银公的胳膊，拉着他往店里走去。在场的人们也都跟在后面，三名便衣在一起小声嘀咕了什么，然后留下其中一个，另外两个趁人不备，鬼鬼祟祟地往运河方向去了。

银公在长凳上坐下，一边接受包扎，一边用夸张的声音叫着哭着，不停地絮絮叨叨。

"振作点，阿银。"一个年轻的船老大附和着银公的表演，说道，"买卖人怎么可能设赌局呢，朋友之间消遣，随便玩玩罢了，就算被带到局子里也就是写份检查，最糟糕也就是交点罚款。"

"俺没有赌博！"

"是啊，你没有赌博。"

"俺也没有反抗！"

"就是，大家都是证人。"那个船老大接着说道，"你没有赌博，也没有反抗，所以大大方方地让咱去咱就去。把这么一个孩子伤得这么重，让他们好好评评理，看看是谁犯了罪！"

"可能是一个也没抓住的报复。"另一个人说道，"这种事俺从来没听说过。"

便衣面色惨白颤抖不已。明明是他在执法，但眼下他似乎要受到法律的非难和遣责。他一脸绝望，仿佛脑海里不停浮现滥用职权、过度执法、罢免以及其他五花八门的法律用语。

"好啦。"和助说道,"之后再让医生给看看,坚强点,阿银。"

"俺快不行了。"银公发出呻吟,又哭着说,"死之前俺想见见俺娘。"

"好,这就去通知你娘。"一个渔夫说道,"俺这就猛跑着去找你娘,把她领到派出所,见到你娘之前可不能死啊。"

说着那个渔夫便猛跑着走了。

围绕银公演技而上演的这一出戏,明显过于造作。那名年轻的便衣警官自然心知肚明。但是由于自己的行为过了火,所以他明知这是演戏,他也不得不配合下去。

"好了吧?"便衣瞅了瞅银公的脸,问道,"能走了吧?"

"头晕目眩,站不起来。"银公回答说。随后一个年轻的船老大说道:"俺背你。"说着蹲下身去,后背冲着银公。平日里口碑不佳的银公此时仿佛成了英雄,就像代表平头百姓的义士,汇聚了人们的爱与同情,甚至还激发了人们的敬仰之情。银公被年轻船老大背着,在便衣警官的陪同下从千本的店门口出发了。随后十五六个人出于好奇,都想知道这一幕接下来将会如何发展,多少带着一种过节似的喜悦心情,一边东拉西扯大声聊着天,一边跟在后面,不久便拐弯向运河走去,之后便看不见了。蒸汽河岸重归宁静,清丽的月光倾泻在根户川的水面,对岸的屋舍,以及系泊的小舟之上。

"那个巡捕想多干出点成绩。"和助边说边收拾着药箱、绷带和纱布,"他看上了根户川亭(不是西餐馆,而是地处堀东的曲艺场)的滨姐,打算好好干,然后当上门女婿去呢。"

"这婚事不是已经谈妥了吗?"仓哥儿悠闲地聊着,"俺听说是已经定下来了呀。"

　　"可能吧,但经过今晚这一失策之举,可就悬了啊。"和助说道,"一门心思想要发迹,太着急想要干出点成绩了,真是可怜,这用老话说就叫得陇望蜀吧。"

　　"阿银那小子也真是的。"说着仓哥儿轻笑一声,"真是够来劲儿啊。"

　　仓哥儿从长凳上站起身,长长地打了一个哈欠,与和助一起走进了店里。

小长和猛兽电影

一日，我带船宿千本的小长去浅草看电影。大概是在大胜馆，放映的是猎捕猛兽的电影，电影名应该是叫《辛巴》。记得故事梗概是美国或英国的一对探险家夫妇在非洲腹地猎捕猛兽，因为可能记忆有误，所以也说不太清楚。

这个正在上小学三年级、人小鬼大的小长，电影一开始就迸发出了百分之一百二十的兴奋劲。他从座位上探出身子，双手攥拳，一会儿抱头，一会儿捂嘴，或是拍打膝盖，或是紧紧地按住胸口。小脸儿发红，目露凶光，时而长舒一口气，时而大口喘气，最激动的时候就用拳头堵住嘴屏息凝神。

几乎所有画面他都会对着猛兽呼喊，提醒探险家夫妇小心。

"狮子狮子！"小长叫道，"先生快看，是活着的狮子！"

周围观众都目瞪口呆地看着他。当狮子走向预先设置好的陷阱时，"哎呀，危险！"小长对狮子叫道，"不要去那边，会被抓住的！不要去！哎呀，不能去呀，会被抓住的呀！唉，狮子这个笨蛋，来这边呀！"

狮子走进陷阱，笼门"咣当"一声落下。他用拳头顶住嘴，

163

浑身发抖，眼睛都要瞪裂开了。之后从嘴边放下拳头，拖着哭腔喃喃自语："笨蛋，狮子真是笨蛋。"

画面前景出现一条蟒蛇，盘虬在丛林里的某一种树上，正伸着成年人胳膊那么粗的镰刀形的脖子，透过茂密的树叶窥伺着从对面走来的探险家夫妇。小长大气也不敢出，探着身子，双手抓着前排椅背。

"别过来，危险啊！"小长大叫着向探险家夫妇发出警告，"这里有大蛇！去那边！"

然而探险家夫妇对小长的警告充耳不闻，呆头呆脑、慢慢吞吞地向这边走来。

"哎呀，两个笨蛋！"小长用尽全身力气，用两个拳头夹住自己的头，一边瑟瑟发抖一边扯着嗓子喊叫，"不知道有大蛇吗？哎呀，两个笨蛋，会被吃掉的，两个人都会被吃掉的！哎呀，两个笨蛋，活该，两个人都会被吃掉的！"

蟒蛇突然发动攻击，一口咬住了走在前面的探险家丈夫的胳膊。小长的一个拳头顶住嘴，倒吸了一大口气，然后屏住了呼吸。我能感觉到这时他的小心脏膨胀得就像一个大铁桶，乱打鼓似的怦怦直跳。周围的观众都被这位正义的小骑士所吸引，每当他对着画面呼喊，他们都会笑嘻嘻地指指点点，相互触碰示意，但小长根本没有察觉，他全部身心都毫无保留地倾注到了电影当中。

"都是笨蛋！"小长火冒三丈，说道，"老虎、犀牛什么的都是笨蛋，那些洋人也都是笨蛋！急死个人了，唉，真无聊，走吧，先生，走吧。"

走出电影院，我带他去了西餐馆。他依旧是气鼓鼓的，对着饭店的炸猪排和咖喱饭挑毛病："浦粕的四丁目（西餐馆）比这儿好吃多了。"我拿着一瓶啤酒，一边喝一边简单地向他解说《辛巴》是怎么拍摄出来的。

"你想想蟒蛇那一段。"我说，"那条蛇不是缠在树枝上吗？探险家是从它对面过来的吧，比方说这把叉子就是探险家，这把刀就是蛇，那么摄像机就是这里的火柴。"

"什么是摄像机？"

"就是拍摄电影的机器，怎么说呢？"我想了想说道，如果在这里讲解电影摄像机的话，更是一团乱麻了，"就是有一台机器，周围有摄影师和助手，可能还有驯兽师……""打住打住。"我制止住小长的提问，"所以说，蛇缠在树上的那一段，这些人，也就是摄像机周围的人们都是知道的。"

"他们怎么知道呢？"

"你看这把叉子和刀子的这边不是有一盒火柴嘛，然后从火柴这里能拍摄到前面的刀子，不对，是拍摄到蟒蛇和它对面的叉子，也就是探险家。就是这么一回事，所以从火柴这里看，蛇不就在眼前吗？也就是摄影师、助手以及可能也在那里的驯兽师，他们都知道那里有蛇。"

"噢。"小长稍稍思考了一下，又问道，"那他们为什么不告诉那些洋人呢？"

"没必要告诉呀，探险家们也知道那里有蛇。"

"既然知道那为什么不把它轰走，还让洋人被大蛇咬了。"

"这个嘛，"我想要解释得更清楚一些，"这都是为了看起来有意思，从一开始就商量好了要这样的。"

"让谁觉得有意思？"

"当然是观众啦。"我说道，"小长不也觉得很有意思吗？"

"谁？俺吗？哼。"小长拱着鼻子，极为不屑地撇了撇嘴，"一点儿意思也没有，没有比这更急死人的事了。"他舔舔嘴唇："那台机器那边的人明明知道有一条大蛇，还要假装不知道，真搞不懂，狮子、老虎都是笨蛋，洋人和机器旁边的人也都是笨蛋，那种都是笨蛋搞出来的东西哪里有意思了？唉，真无聊。"

记得在返回浦粕的路上，不知道为什么，我一直翻来覆去地思考小说的表达技巧。回到町里之后，小长给大家讲述《辛巴》的故事，那种直言不讳和辛辣评价，如果让电影的制作者和投资公司的人们听到，他们或许会悲观厌世的吧。我再也没有带小长去看过电影。

家　鸭

　　我第一次见到增君是在堀南一家名叫天铁的天妇罗店。微不
足道的稿费一到手，我常常就会跑去天铁撮一顿。点上一人份的
天妇罗，慢条斯理地喝上一瓶啤酒，之后再让人炸三两份当日上
好的食材，大吃一顿。当时我还不胜酒力，没有特殊情况都是只
喝一合①，而且喝一合就要差不多一个小时。我一定会带上书，
冬天就抱着小濑户火炉，夏天就扇着扇子，边读书边吃天妇罗，
想起来就抿上一口酒。如今回想起来，真是对那些老头子的拙劣
模仿，不过我与天铁的人们都十分要好，有时名叫小花的姑娘还
会炸好天妇罗送来，说是"今天进的食材很不错"。

　　店面很古朴，土地门厅摆着两张桌子，角落的雅座铺着榻榻
米。当然，面对门厅的一面也没有拉门，客人来了也就是铺上薄
薄的坐垫而已。食案是方形的、没有腿的木制方盘。

　　增君年纪五十上下，小矮个儿，罗圈腿非常严重，脸颊和下
巴周围永远蓄着粗硬的银色邋遢髭须，看上去像刷了一样。已经
是寸草不生的头顶周围，同样覆盖着刷子一样短粗而稀疏的毛

---

① 　合，日本容量单位，1合大约180毫升。

发，太阳光一照，每一根都闪闪发光。增君来天铁都是自备酒水。其实也不是酒，而是烧锅子，一合酒在天铁兑水兑成两合，还要让人家帮忙烫酒，而且他要求做的天妇罗也是别具一格。不论是对虾还是康吉鳗，抑或是鰕虎鱼、沙鲛、大眼牛尾鱼，自己都要把头、背骨、尾巴等地方单独炸，然后用它们下酒。按照惯例，中段油炸并让人打包，然后拎回家。

这里插叙一段，几年前，某场出版纪念会结束之后，林房雄曾让我吃过这个"只有虾头"的对虾天妇罗。听说是他自己琢磨出来的，让银座后面一家天妇罗店制作而成，称其为富含钙质的极品美食，为自己的独具慧眼而扬扬得意。

"世人都把这个扔掉了。"林房雄反复强调。"像这种佳品，"林房雄口若悬河，但自己却不动筷子，"大家都扔掉了，全世界所有人都把它扔掉了，来，尝尝。"

我只尝了一个，不管它到底富含多少钙质，但至少我知道了它无法下咽，麻溜地吐到餐巾纸里扔到了桌子下面，"全世界所有人都把它扔掉"是合情合理的，我猜林房雄一定是故意颠倒是非。

如前文所述，林房雄为自己的独具慧眼而沾沾自喜，但我知道，早在二十多年前，就已经存在了增君这位先知。我虽然吐了出来，但增君却一边一个个地细细咀嚼脑袋、背骨、尾巴，吃得是津津有味，一边还会抿几口烫过的兑水烧锅子，比我还要悠闲还要慢。

第二次是在路上遇见了。我正在堀东写生，一个男人走来，背着一个半老的女人，一边与背上的女人温柔地聊着天，一边走过中堀桥离去了。在这片土地上，如果人们看见这样的场面，必然不会默不作声。成年人姑且不论，但毋庸置疑这会成为顽童们寻开心的好由头。然而，当时既有往来行人，也有正在嬉戏的顽童，他们也都看见了那两人，但都视而不见，这反倒让我震惊不已。又一次在路上邂逅两人的时候，我望着背着女人的男人的背影，看到了他那两条罗圈腿，认出了他就是在天铁要求做鱼头鱼尾天妇罗的男人。之后不知道是第几次，当时我正在画堀南一家名叫梅之汤的澡堂子，看见他背着那个女人，掀开"梅之汤"的门帘，走进了女浴室，不禁有些瞠目结舌。

"哎，那是增君嘛。"

在蒸汽河岸的根户川亭，一位名叫平二郎的老渔夫告诉我。坊间传言平二郎这个老头曾和儿媳妇同床共枕，他儿子为了报复，就和平二郎的妻子（听说是续弦的妻子，也就是他儿子的后妈）睡了，他喝酒是海量，而且能说会道。

"背着的是他老婆。"平二郎说道，"就那么背进去，然后给她脱衣服，把身子洗干净，擦干，然后再给她穿上衣服背她回家。"

听到我发问，平二郎徐徐眯上一双大眼，看着我，那副表情仿佛在说，居然真有人问这种稀奇古怪的问题。

"为什么呢？"平二郎反问了一句，"年轻人的话另当别论，都那么一把年纪了，进女澡堂就不是什么稀罕事儿，俺要有事，俺也是说进就进，女人们也不会把这当回事。"

平二郎说，增君绝对不会把老婆交给别人。就算是和他老婆再亲近的人说要偶尔帮忙洗澡，增君也是断然拒绝，一定要亲手仔仔细细地把老婆身子上上下下都清洗干净。

我也在高品君家的炉边提起过增君。但在高品君那里几无所获，只听他说"曾经是村里最惹人嫌的主"，"外号'家鸭'"，目前在渔业协会上班，这还是大蝶老爷给他说的好话，但就连大蝶老爷也说过增君那张脸他"看都不想看一眼"。他是严重的罗圈腿，走起路来身体左右摇摆的样子印证了"家鸭"的外号。由于上述原因，所以关于增君，所能了解到的也仅限于平二郎往外抖搂的一些事，大致内容是这样的：

增君小小年纪就成了一个蛮横无理的混球，而且气力惊人。据说十七岁的时候就能左手右手各拎一袋米，一口气从中堀跑到蒸汽河岸。性情急躁，缺乏耐心，只要喝酒必撒酒疯，只要撒酒疯就必然会让几个人挂彩。念了三年小学就不去了，不单单是因为他学不懂，而是老师一说他，他登时就勃然大怒，殴打老师，打砸教室里的东西，老师们反复商议，最后决定让他转学到葛饰那边的小学。据说附加条件甚至是由学校负担他上下学的船费，这只不过是在形式上完成国家的"义务教育"，把责任转嫁给葛饰的小学罢了。增君自然不会去葛饰上学，但即便被督学部门发现他不去学校，浦粕小学也无须承担任何责任，种种这些都经过了深思熟虑。增君就此辍学，但拿到了上下学的船费。虽然内情不甚了解，但船费一直如数发放到了六年级毕业。平二郎言之凿凿，就好像这是他的亲身经历。

性格浮躁的他走马灯似的换工作，没有一项工作能干满一年，每隔一两年，就离家出走一次。也不知道他跑到哪里去了，又在干什么，征兵体检的时候也是不知所踪，结果和宪兵队之间还弄出了不少麻烦事。推迟一年接受了体检，因为身高不达标免服兵役，但据说征兵官遗憾万分，急出了一身汗，说道："不招这种人还招什么人？"

增君二十三岁时结了婚。对方是在贝壳罐头工厂上班的女工，名叫希美野，十八岁。听说是生在东北地区，因为父母双亡，所以被浦粕的远房亲戚收留。她的亲戚以打鱼为生，有八个孩子，因而希美野十二岁起就不得不出门工作，而且家里人待她也不好，就连她和增君的婚事她自己都被蒙在鼓里。据说增君掏出五张一日元的钞票说道，你马上跟俺走。

"那个婆娘一听这句话，吓破了胆，直接逃走了。"平二郎说道，"自己的丈夫竟然是村里头一号讨人嫌的混球，——大家都以为她寻死去了，可是热闹了一阵子。"

希美野被某地的警察抓住并看守起来，后来增君把她领回去了。

两人的婚姻生活极为平淡无奇。婚后希美野在大蝶工厂上班，增君也莫名地在大蝶进进出出，干着类似于杂役的工作，或是在老爷外出打猎时扈从左右。这种平凡的婚姻生活持续了大约三年。自不待言，在此期间增君行为做派并没有改变，整日喝酒闹事，吵架斗殴。有一次大蝶工厂的经理火冒三丈地说："我要开除你这个玩意。"增君鼻子哼了一声，笑了。

"'甭开玩笑了。'增君笑着说，"平二郎说道，"增君说：'老子高兴，才来大蝶上班，又不是被雇来的，没雇用的人你怎么开除？'"

于是经理向老爷汇报了这件事，而后老爷说，那小子是我的救命恩人，随他去吧。尽管老爷没有解释救命恩人究竟是怎么回事，但经理只得作罢。就在这件事前后，增君开始实施家庭暴力。一提到结婚，那么"当初为什么逃跑"这一句话就能成为他抬手施暴的理由。"是不是有别的男人，说实话！"像这样一边吼叫一边拳打脚踢。希美野只能道歉求饶："逃跑只是因为害怕，没有其他原因，也没有别的男人。这谁都知道，你也应该知道的。逃跑是我不对，我道歉。饶了我吧！"除了道歉求饶别无他法。不论遭受怎样的折磨，她都绝对不会大声叫嚷，也不抵挡或是逃跑。只是双手抱头，蜷缩双腿，任凭增君摆布。

"俺就住在隔壁。"平二郎说道，"当然现在也是邻居，因为当时俺就在隔壁，所以俺都知道，有好几次拳打脚踢的声音听得清清楚楚，俺还过去劝架了呢。"

不过后来平二郎不去劝阻他了。因为劝阻反而会让增君变本加厉，说希美野让他丢人现眼，然后更凶狠地对她施暴。希美野的身上总是青一块紫一块，去不了澡堂，即使是冬天，也只在狭窄的厨房用桶接水擦一擦。

从那时候起，增君玩失踪的癖好又死灰复燃了。一声不吭，一下子便音讯全无，短则半年，长则两年左右都不回来，信也不寄一封。回来的时候同样突然，那样子就好像是早晨出门晚上就回来了似的，一进家门（如果希美野在家），就要"吃饭""上酒"。如果希美野去工厂了，就去一家名叫山崎屋的小酒屋站着喝两杯，然后派人去找希美野，"让她拿钱过来"。

夫妻俩没有孩子。增君花天酒地的下场就是身患重病，传闻他因此不能生育，据说希美野曾亲口对平二郎的老婆说，至少这是个意外之喜。

就这样生活了二十多年。后来增君四十五岁那年——平二郎说因为他和自己同岁，所以记得很清楚——离家差不多一年的增君刚一回来，立刻就对着希美野又踹又打。回来之后刚进家门就开始了——理由是他听说他不在家的时候希美野生了个男孩。中间他去买了一趟烧酒，喝完了又接着开始打。

"实在是太惨了，俺都听不下去了。"平二郎说道，"当时已经差不多晚上十点了，俺老娘带着孩子在外面还没有回来，俺老婆说报警吧，俺说要是报了警，以后更可怕，于是俺们就去蒸汽河岸溜达了一个来小时。"

他们回家之后，发现隔壁的吵闹声已经平息。平二郎心想增君说不定已经把希美野给杀了，吓得浑身瑟瑟发抖。然而，当晚增君像是换了个人似的，出人意料的温和。——希美野没有遇害。第二天一早，她轻手轻脚地来到平二郎家厨房门口说道："抱歉，能不能借一点米？"她眼圈乌青，整张脸都肿了起来，很痛苦似的拖着一条腿。后来听医生说了才知道，当时希美野的左腿已经骨折了，居然还能走到隔壁。——腿骨折了，希美野就不能去工厂上班了。医生赶到时，碎骨已经嵌入肌肉，经过医生诊断，手术已是无能为力。虽然不清楚从医学上讲这具体是一种什么症状，但从那以后，希美野就开始接一些能在家里干的零工。乡下毕竟是乡下，并没有那么多的零工，最多也就是接一些渔夫的工作服、婴儿服之类，价格低廉且简单的针线活。布碎是用碎布片缝合而成的衣物，只要有布头和碎布片谁都能做，但是每家的主妇都有自己的营生，缝纫费便宜的话就委托给他人，从经济角度而言更加划算。

增君又去大蝶上班了。小老爷已经继任，说是小老爷，年龄也将近四十了，他也喜欢摆弄猎枪，到了季节出发打猎的时候——可能是听已经去世的大老爷说过——他也让增君陪同，但增君当场拒绝，说什么也不跟他去。据说对此增君还说漏过一次嘴，"大老爷那会儿犯过一个大错"。大老爷曾说增君是"救命恩人"。增君所说的"大错"指的应该也是同一件事。两句话相互矛盾，实际情况又不得而知，于是小老爷也不再勉强增君陪同。

增君还是喝酒，但再也没有撒过酒疯，也没有闹过事。在大蝶工厂干杂役期间，经大蝶的小老爷介绍，他进入渔业协会工作。——当然他也不再向妻子施暴。由于希美野彻底沦为瘸子，所以增君把打水、拾柴、买东西之类的事情都包了。不仅如此，就像前文写的那样，他还背着希美野去澡堂。

"一个人竟然能有那么大的变化，俺都吓傻了。"平二郎说道，"而且，有一次俺还和增君说过，你变化可真大，一点都不像增君了。"

"之后增君笑了笑，他是这么说的。"平二郎接着说，"东边鱼塘的老爷那里养了五十只鸡，当时老爷让母鸡孵一只家鸭的蛋，那颗蛋孵化之后，就和其他小鸡放在一起养，但家鸭的孩子仍是家鸭，稍微大一点就开始在鱼塘里游泳了，母鸡和其他小鸡都很吃惊。家鸭的孩子总会变成家鸭，这就好比俺现在这样就是俺真正的样子。"

平二郎老人就说了这么多。

随着我在天铁与增君见面越来越多，渐渐地对他产生一些亲近感，有时钱包略有富余，还会请他喝一瓶啤酒或烧酒。增君也不客套，欣然接受，然后让我"拿点尝尝"他盘子里的天妇罗。照例是用鰕虎鱼、沙鲅、大眼牛尾鱼以及对虾等物的头、尾和骨头制作的天妇罗。如果那儿我吃了，可能就不会上林房雄颠倒是非的当了，但我无论如何也没有下筷子的欲望。就像这样能够亲切交谈之后，我称赞他说："背着您夫人去澡堂一定很不容易吧，我在一旁看着，心里真是热乎乎的。"听罢，增君目光低垂，少顷，左右微微摇晃长着稀稀落落短粗银色毛发的头，长叹一声。

"没什么，那种小事算得了什么。"增君说，"和俺对老婆子干的事相比，根本不值一提。"

"先生可能不知道吧。"增君继续讲，"是俺把俺老婆弄成了瘫子的，俺就是用这只手弄的，——用这只手揪住俺老婆的头发，拖着她满屋子转，又踢又打，俺整个人已经疯了，抬起脚踩了上去，俺老婆的小腿就这么折了。"

我默不作声地听着，心想这应该就是平二郎和妻子逃到蒸汽河岸那天晚上的事。

"俺不知道骨头已经折了。"增君接着说，"只听见俺那老婆发出了奇怪的声音，忽然抓住我的手，就那么躺在地上，抬头望着我说：'求求你，别杀我。'"

增君羞愧地眨巴眨巴眼睛，右手摸了摸胡子拉碴的下巴。

"她说，求求你，别杀我。"增君停顿了一下，说道，"看着她望着俺的眼神，听她说出那句话，那一瞬间，俺觉得俺这辈子干过的事一股脑地在眼前过了一遍，这个那个的，都过了一遍啊，你可能不信，当时俺号啕大哭，像个小屁孩一样。"

我没有不信。不仅相信，而且自己仿佛亲眼看见了他妻子抬头仰望增君的眼神，亲耳听见了那一声哀求。虽然我的钱包并不富余，但我还是情不自禁地又请增君喝了一瓶烧酒。

幽 会

我划着青舟进入三叉河，在川柳蓊郁的土堤背阴处停下，开始钓鲫鱼。这里靠近冲之百万坪的边缘，土堤上也几乎没有过往行人。晚秋午后，阳光和煦，平静无风，河道水平如镜，仿佛进入了梦乡，清晰地倒映出澄澈的天空和云朵。我钓鱼的水平依旧不过尔尔，钓上了三条叫作金库的小鲫鱼和五条柳雅罗鱼之后便一无所获。也不打算换个地方继续钓，况且温暖的阳光和周围静谧的气氛甚合我意，于是我往青舟里一躺，全身放松，开始读带来的书。

读是开始读了，但还没有读多少就睡意袭来，为了遮挡阳光，我用书稍稍盖住了一点脸，随即就这么睡着了。不知过了多久，睁开眼，听见近旁有人说话。我坐起身，合上书，拿起钓竿，收拾东西准备回去，忽然那个话音引起了我的注意，我停下了手。

"喂，好不好呀？"一个年轻的男声似乎死乞白赖地央求着什么，"好不好，反正又不会怎样。"

"住手。"是一个女人拒绝的声音，"俺不管，哎呀，说了住手，干坏事的话俺就回去了。"

"听说德姐病了。"男人说道，"昨天回来了，真的假的？"

"俺不知道，啊呀，想起来了。"女人的声音略微柔和了一些，"听说是流产之后情况不好，暂时回家调理。真是讨厌。"

"讨厌什么？"

"女人啊，生孩子、流产什么的，吃苦受罪的都是女人，哼。"当时女人确实"哼"了一声。"啊呀，讨厌。"女人接着说，"就是因为这世上有男人，女人才这么苦，男人们都绝种了才好。"

"又不是只有女人吃苦。"男人说，"不是那样的。"似乎老半天他都没想出该如何反驳，于是话锋一转："你听没听说中堀的美代子扭伤了脚？"

"听没听说又怎么样，美代子呀，——住手！走开，讨厌死了。"

"疼啊，别这样行不行。"

"胆小鬼，这算什么。"

"疼。"

声音停顿片刻，之后传来了口哨声似的奇特声响。我一下子就听出来了，那是用嘴唇含着芒草的叶子，用不大不小的气息吹出来的哨声。声音不同于草笛，是一种单纯的、具有乡土气息的颤音。对于一个求爱的年轻人来说未免有些孩子气了，我心说。女人是不会对这种行为感兴趣的，不一会儿，女人就"哎哎哎"地发出厌倦的声音，男人放下芒草的叶子。

"你刚才说吃苦受罪的只有女人，"男人说道，"既然如此，那为什么不断地有女人嫁人？还有，为什么在结婚前养情夫的女人数都数不过来呢？"

"那都怪男人，被男人花言巧语给骗了，稀里糊涂地吃苦受罪，从过去到现在，都是男人的错。"

"阿良新买了一条啪咔舟。"男人说，"之前那条啪咔舟是爷爷那一辈传下来的，是浦粕最破的船。"

接着男人又唠唠叨叨没完没了地说一些诸如理发店买了热水器、消防组员调整、谁谁谁从这里去了那里等等与此时此景毫无关联的废话。之后可能是发现女人听烦了，又赶忙回到爱情话题。

"虽说女人受骗上当，但那不是男人骗的，是女人生来就是要被骗的。"

"女人生来怎么样？"

"女人身体里的机器和男人不一样。"男人说道，"不管是什么机器，要么得经常使用，要么得加油、清洁，不然就会生锈，女人的机器也是一样，放着不管的话，生锈了就用不了了，所以说嘛……"

"所以被骗是为了不生锈？哼！"女人反驳道，这一次同样清清楚楚地听到了"哼"的一声。女人又接着说道："要是哪个男人的机器能够打扫干净不让人生锈，一定要让我见见。"

或许会有读者心怀疑问，对于爱情的呢喃细语而言，这未免过于直率了吧，但与其说女人过于直率，倒不如说这种循循善诱的求爱方式在浦粕极为罕见。当时我对男人光明正大的方式心生敬意。

"试试看吧?"男人说，"能不能打扫干净，不试试看怎么知道。"

"住手，真是的!"

"疼，啊呀，疼啊，你别过分啊。"

"是你先讨人嫌的。"

"你指甲太长了。"男人说，"良子，你小手指总是留指甲，这么长，干什么用的呢?"

之后又说起传哥儿吃蛇肉，东边的鱼塘为了防范乌鸦和老鹰，用一张网把池面整个罩了起来，但鱼塘足有一万平方米，就是网子也不便宜，等等。

"哎呀，我不想听。"没一会儿女人打了个哈欠，打断了男人，"专门把俺叫到这儿来就是为了说这些吗?"

"这么说你不想听俺说话吗?"

"那就这么啰里啰唆的吗?"女人说，"这么说起来没完没了，是想等着我先动手吗? 哼，真没劲。"

"俺是想让你明白俺的想法，明白俺真正的想法。"

"是理发店的热水器还是鱼塘的网子? 哎哎哎。"女人说道，"俺回去了。"

男人慌慌张张想要叫住女人，但女人头也不回地走上土堤，径直向根户川那边走去。我透过川柳的树荫看到她是一个还扎着兵儿带的十五六岁的少女。男人犹犹豫豫，走走停停地跟在少女后面，他有二十五六岁，感觉像是罐头工厂的工人。他很可能是外地人，不了解这里的求爱方式。也许纯粹是因为胆怯。无论如何，少女之所以怒气冲冲地离去，必然是因为男人没有勇敢地直面幽会的目的。我一边琢磨，一边收拾东西准备回去。

饮鸩之苦

吃过晚饭，我正在自斟自酌，这时拉窗被人从外面拉开，喜世川的荣子正向屋里张望。

"先生的影子映在了窗户纸上。"荣子说道，"哎呀，精神头不错嘛，我进去啦。"

我对着忘了藏起来的一瓶一升装的酒皱起了眉头。这是高品君送给我的，高品君虽然滴酒不沾，但不知道是谁家有喜事，给他送来了三瓶一升装的喜酒，两瓶用来招待来家中做客的朋友，另一瓶则送给了我。那时我也是刚开始喝酒，一次喝不了两合，当时的经济状况可以在酒瘾上来的时候买上一合，因此身边能有一升酒，仅仅是心理上的富足和幸福感就不可估量。这时荣子出现了。喜世川是一家小饭馆，我曾多次提到，这种小饭馆被称作红火屋，这种店的主业并非餐饮，而是由女服务员提供特殊服务，荣子也是其中一个，称其为她们的典型代表的话或许更加明了。她从外面走进屋，便打开了廉价的小茶柜，这期间一直喋喋不休，眨眼之间就把吃饭的家伙事儿摆开了。我坐在桌前，旁边放着一个小盘子，盘子里是用我自己钓的鰕虎鱼炖的鱼汤，边喝边看书，但我心想，像这样跟荣子对着干也是白费力气，于是便坐到了那张老旧的折叠食案前。"冷酒可以热一热。"荣子说着径自从一升装的酒瓶里倒了一茶碗酒。我看在眼里，决心至少要保住自己的烫酒壶，于是就把它牢牢地摆在自己面前。

荣子感慨地说生意冷冷清清都半个月了，叱责这世上的男人不争气，用山形或福岛附近的口音说"这么说来我也是东京人"。这里我说这是山形或福岛周边口音，也是听"喜世川"的另外两个女人说的，其实我自己完全听不出这是哪里的口音，但正如荣子所说，那的确不是"东京中心地区的神田人"的口音。

"我曾经殉情过呢，先生。"荣子说道，"来一口吧。"

已经喝了好几碗了。我问是怎么回事，荣子舔了舔茶碗边。她的舌头不仅厚，而且很长，长得令人难以置信。

"没骗你，你可以去问问松之家的老妈妈，那时候我还在松之家，她一清二楚。"荣子说，"要讲这个故事的话，就去根户川亭弄点什么来吧，好不好呀，先生，打起精神来嘛。"

听到我的回答，荣子咂咂嘴，噘着嘴唇又倒了一茶碗酒。

"到处都是一片萧条唉，让人心烦意乱，一到这种时候人就特别想要为了感情一了百了。"荣子说道，"当初和岸元殉情，就是在这种买卖总是不见起色的时候。喂！先生，说话呀。"

此情此景，我打算装出一副漠不关心的样子。这种女人基本都是撒谎成性，她们的生平身世有九成九都是编造出来的，都是由读过的小说或母爱主题电影改编过来的。不过，如果听者表示不感兴趣，假装不想听，那么将有大约百分之三十的概率，她们会开始讲述自己真正的身世。

我漫不经心地问她，荣子耸了耸肩。

"先生明知故问哎，您看我这不活着吗?"荣子说，"来，喝一个。"

我一声不吭地喝着自己的酒。

"我干什么都喜欢痛痛快快的。"荣子说，"就连做饭也是干脆利索，喜欢狼吞虎咽地吃腌萝卜干拌饭，最讨厌软饭、菜糊糊之类的东西，所以在感情上也想要一下子了断自己。"

我依然冷冰冰地问她。

"啊，您说那个呀，呵呵呵。"荣子用鼻子发出了奇妙的笑声，"您知道的呀，我这不活得好好的吗? 要是殉情的时候奔着死去，怎么可能活下来呢? 先生，正经点嘛。"

我正襟危坐，闭上了嘴。

荣子讲了起来。事情发生在五年前的十月份。男方名叫岸元，是颇负盛名的成品药专卖店"峰岸屋某某"的推销员。岸元的"岸"取自东家峰岸的岸，但第二个字只知道是个男人的名字，至于是不是"元"这个字，全名是"元太郎"还是"元造"，荣子也是一无所知。后来我对此刨根问底，结果荣子很不耐烦似的说道："虽说是殉情，但也不是必须要知道名字吧? 又不是办暂住证，就不要在这种无聊的地方纠缠了。"

荣子和岸元保持了约半年的情人关系。他自称二十八岁，但据荣子观察，不会小于三十二岁。身材魁梧，皮肤黝黑，颇有男子气概，据说与荣子确定关系的时候，整个浦粕的红火屋的女招待都嫉妒得咬牙切齿、顿足捶胸。——岸元骑着红色的摩托车来了。车上用醒目的白颜色写着店名，"放气的声音特棒"，荣子如是说。她说的应该是排气声音，我差点儿笑出来，假装被酒呛到，遮掩了过去。

岸元很舍得花钱。每次来都是先把买卖料理完毕，然后在堀东的关东煮店喝酒，之后叫荣子过去。松之家虽然在堀南，但到这里走路用不了五分钟。按照红火屋的习惯，从其他店叫女招待的话每小时要收取一定的服务费，但对于女招待来说这是一种荣耀，据说这代表了一种宁可付服务费也想尽早见的深情厚谊，而岸元深谙此道。

半年后的一天晚上，岸元直接出现在了"松之家"。他身着和服，赤着脚穿着一双旧草屐。没有听到那个特棒的放气声，一问才知道，他是坐公交车来的，没有骑摩托。人无精打采，好像是连续腹泻了五天似的。之后两人独处，一瓶酒还没有喝完，他冒出一句："和俺一起死吧。"

"刚见到岸元的时候我就想果不其然，这次他说让我跟他一起去死，我想果然猜中了。"荣子似醉非醉地说道，"先生，喝呀！"

岸元挪用的店里的钱多达五百块。尽管他已经结婚，而且有三个孩子，却被荣子迷得神魂颠倒，鬼使神差地就动了店里的钱。开始只有五块十块，可以在收款的时候运作一下，不露声色地蒙混过关，慢慢地从十块变成了十五、十八块，他对荣子也日渐痴迷，心想这最能显示出自己够爷们儿，于是胃口越来越大。最终，总金额高达五百，被经理发现，逼迫他还钱。

"不还钱的话就去法院告你。"

经理虽然年逾古稀，但仍有一头年轻人一样乌黑浓密的头发，眉毛也很黑，看上去有足足三毫米粗，他一边挑动着那又粗又浓的眉毛，一边语调温和地宣布道。岸元东奔西跑，但最多只能借到两百块，剩下的三百块无论如何也无计可施了。经理要求全额返还，不然就把他送进大牢。待到那一步，不仅无颜面对妻儿、世人，而且一旦离开荣子，他片刻都活不下去，于是他说要不两个人一起死了算了。

"我心想果不其然，果然来了，果然猜中了。先生，听明白了吗?"荣子说。

荣子听了我的回答，鼻子里发出笑声。

"不明白吗? 目的是我的人呀。"荣子像动物似的拍着紧绷的胸口，"这么说我真是服了，来这一手就是估摸着我跳槽到别家就能弄到三百块钱了，完全是骗小孩的把戏。"

当时荣子自己也是囊空如洗、一筹莫展。杂货店和澡堂都有不少欠账，她将境遇相告之后，便答应一同赴死。荣子说，"殉情"这个词对于他们来说代表了极致的爱情，每个人都憧憬着此生能够尝试一次。据说当时岸元一脸决绝地说："那么俺会带来药效很强的安眠药，就喝那个自杀吧，俺后天晚上来，你可不要改主意。"荣子回答说："我自己有德国产的安眠药，你带你自己那一份就行。""你怎么会有那种东西?""之前我朋友自杀剩下的，我偷偷放起来了。""德国产的那种药叫什么名字?""忘了，不过是一种白色粉末，喝一服下去就死了。"一番对话之后，当晚两人便告别了。

"我觉得他应该不会来了，但为了以防万一，还是先把药备下了。"荣子说，"老板娘之前喝过治头疼的止痛药，还剩一服，再掺上一点点美利坚小麦粉，因为止痛药是白色的，而且像玻璃渣子似的闪闪发光，所以嘛，要掺上小麦粉，看上去就像是强效的安眠药了。"

听到我的提问，荣子一边的肩头痉挛似的耸了一下。

"那不明摆着的吗？我欠了一屁股债，如果殉情的话，大家都会同情我，出了这种事，钱也就不用着急还了嘛。"荣子说，"你说是吧。"

总而言之就是预谋假装殉情。荣子本以为岸元可能不会来了，结果岸元如约而至。他上身穿一件晒得发白的贴身棉汗衫，下身一条白色大裤衩，自己说这是寻死的打扮。荣子说汗衫和裤衩都是成品衣，有个一块五在哪儿都能买得到。

"来的时候差不多九点，当时生意一直不好，店里一合酒都没有了呢。"荣子说，"跟岸元说了这个情况，他说反正今晚都要殉情了，多少弄一点来，说着掏出了三张一日元的钞票，我心想这真是瘦死的骆驼比马大呀。"

她自己去买了酒菜。花了一块二买了一升酒，用三毛钱买了鱼干、甜煮豌豆、小海味，剩下的钱给了老板娘。老板娘满心欢喜，说岸元真是福神。

"之后两个人开始喝酒，但因为想到之后还要殉情，喝了多少也不醉。"荣子打了个嗝儿接着说道，"聊了许多回忆，聊了父母兄弟、生不逢时之类的话，两人都感同身受，不知不觉就抱头痛哭起来。"

　　店里十一点打烊。没有别的客人，老板娘夫妇和其他女招待也都睡着了。于是岸元说"开始吧"。十二点过后，荣子依然沉浸在这种情绪之中不可自拔，一想到这就要殉情了，对于那种与烂醉截然不同又难以言表的、醉醺醺的意乱情迷，以及那止也止不住的甜蜜泪水，还有些恋恋不舍。岸元到底是男人，他说："这种话题越聊越放不下，不如就此了断吧。"说着拿出了带来的安眠药。于是荣子也下定决心，从手包里取出了事先准备好的药。当时她忽然心头一紧，他要是说想看看药怎么办，毕竟男人是做药品生意的，让他看见一准露馅儿。但是岸元什么也没问，倒了一碗水，自己先喝了。"等等我！"荣子也倒了一茶碗水，喝下了药。

　　"然后就互相抱着躺在了床上，又开始号啕大哭。"荣子说，"之后我不说您也知道，殉情的人在临死前自然要把这辈子没享受的都好好享受一下，是真的，我都抽筋了。先生，您也喝呀。"

　　荣子不知道什么时候睡着了，后来被一阵奇怪的声音吵醒，睁眼一看只见岸元正在痛苦挣扎。他像个"大"字瘫在地上，不停地打嗝儿。荣子清醒过来，随即因为惊恐和痛苦一跃而起。

　　"我想起来我殉情了，这时胸口里就像烧着了似的难受，见岸元瘫倒在地打嗝儿打个不停，心想大事不好，随后迷迷糊糊地连鞋都没穿，就跑到了派出所。"

　　我向荣子提问，她用同情的眼神看着我。

"喝了毒药肯定难受呀，先生明知故问。"荣子说，"虽然那其实只是止痛药和小麦粉，但人是有感情的，人是感情动物呀，明白吗?"

我喝着自己的酒。

年轻巡捕手忙脚乱。叫醒同事，给分署挂电话，跑去找医生。医生赶到的时候，荣子因为痛苦难耐抓挠着胸口，一边叫一边满地打滚。她马上被灌下一种像白色泥巴汤的东西，然后从嘴里硬塞进去一根胶皮管，用类似水泵的东西把胃里的东西抽出来。如此反复三次，她难受得死去活来，据说她还一口咬住了医生的手脖子。在此期间，一名巡捕去松之家登门检查。众人毫不知情，正在呼呼大睡，被巡捕敲开了门，听说原委，顿时目瞪口呆，和巡捕一起去查看岸元的情况。但床铺上空空如也，岸元并不在那儿，他的草屐也不见了，众人推测他是不是因为太痛苦，所以跑到外面去了。于是发动消防员，提着马灯，分头搜索，最后在蒸汽河岸栈桥的尽头处，发现了丢在那儿的一双草屐。当时荣子已经被送去了医院，并不了解具体情况，但据说大家的结论是岸元一定投河自尽了，于是出动了十几条啪咔舟去根户川里寻找。

没有找到岸元。因为尸体有可能被冲到海上，所以又进行了多日海上搜索。在此期间警察电话联系了他工作的药店，告知药店他出了事，但药店说之前已经把他解雇了，经过调查，又发现他已经搬了家，但没有查到他搬到哪里去了。

荣子接受警方讯问时说自己是被强迫自杀的。她自诩自己聪明就聪明在这一点上，因为只要说自己是在不知情的情况下喝下了毒药，那么即便岸元死了，自己也没有过错，最后她只在看守所里待了两个星期就被释放了。一来事情发生在乡下，二来当时太平盛世，因而对从荣子胃里吸出来的"毒药"也没有特别检查，而且也一直没有找到岸元的尸首，所以只有"松之家殉情"的评论硕果仅存，荣子也因此成了全浦粗独一号的风云人物。——她在纸上写上"岸元君"，以此作为他的牌位，趁舆论风头正盛，不失时机地上香设拜。不过风头这种东西转瞬即逝，没过五六十天，这件事就没人再提了，大家又都是一副"有过这种事吗？"的表情。

"到此为止还算不错，先生，您刚才听了吗？"荣子说。

我回答了她，喝着自己的酒。

"不要摆着一张不爱听的脸嘛，后面就是让人窝心的部分了。"荣子吞了一口酒，一边咳嗽一边打了两三个喷嚏，一把鼻涕一把泪，然后用草纸胡乱擦了擦，吼了一嗓子，"这个畜生！"据说如果连打两个以上的喷嚏，就必须说这么一句，否则就会感冒。荣子咳嗽两声，清了清嗓子说道："能不让人窝心吗？岸元那小子还活着呢。"

听她话风，我已经猜了个八九不离十了，但我没有开口。

那是整整一年之后的某一天，一个男人走进堀东的关东煮店喝酒。穿着一套旧西装，夹着包，戴一顶鸭舌帽。当时是傍晚时分，店里有四五个渔夫和船老大正在喝酒，但谁也没有注意这个男人。店里有外地的生面孔是常有的事，只要跟自己没有利害关系，习惯上没有人会去关注他们。——男人喝着酒，压低鸭舌帽的帽檐遮住脸，过了一会儿，他和旁边一个船老大搭话，问那个船老大去年这里是不是发生了一起殉情事件。被问到的那个船老大摇摇头，他不是不知道，而是忘了个一干二净。男人忽然激动起来。

"就是松之家的一个女人啊。"男人说，"红火屋松之家的女人，听说名叫小荣还是荣子什么的，和一个卖药的推销员殉情了。"

这段话被一个渔夫听了进去。他悄悄观察了一下那个男人的相貌，随后大吃一惊，急忙跑去派出所。虽然巡捕已经不是去年那位，但他好像也知道殉情案，马上赶来逮捕了男人。

"你是不是岸元？"巡捕问道，"这边有人作证，不要撒谎，快说!"

"唉，"岸元垂头丧气，"在下正是那个岸元。"

岸元被押送到派出所，荣子也被传唤过去了。当时荣子已经跳槽去了喜世川，当她在派出所见到岸元的时候，吓得肝胆俱裂，一句话也说不出来。

"你还活着?"荣子说道。

"你还活着?"岸元说道。

随后警方开始审讯，岸元马上就招供了。荣子听到岸元说出的实情，顿时血往上涌，扑将上去揪住岸元，又踢又打，连撕带咬。据说连过来劝阻的巡捕都被咬了，派出所的玻璃窗户也被打碎了一块。

"当时我觉得那个巡捕跟他也是同类。"荣子说，"虽然不该在先生面前说这种话，但男人都是禽兽不如的骗子。"

听到我的追问，荣子皱皱眉，摇了摇头，使劲打了三个嗝儿。

"问我为什么生气，这还用问吗？岸元那小子说那是强效安眠药，其实他喝的是小苏打，哪有这么糊弄人的？"荣子喘着粗气，好像当时的火气仍未消退似的，"都怪他，我成了笑柄，傻到家了，怎么能不生气？"

我强忍着笑又问。

"怎么能这么说呢？"荣子一脸不悦，回答道："我可是喝了真的毒药啊，医生还给我治疗了呢，结果还有可能因为之前撒谎被判欺诈罪。后来岸元这小子被从派出所带到了分署，又从分署转送到了本署，蹲了几十天的班房，还被罚了不少钱，这就是他骗人的报应，活该。"

酒喝光了，荣子便优哉游哉地哼着歌扬长而去了。

残酷的插曲

东浦公交公司的会计主任，在运河南边的西餐馆四丁目请三名司机喝啤酒聊天。他年龄三十二岁上下，名叫杉田春，身边人都叫他春君，为人实诚，头脑机灵，深受大家敬爱。细长脸，皮肤（比当地人）白嫩，浓密的眉毛长得也很顺眼，笑着说话时，会露出洁白结实的牙齿，语气沉稳而审慎，对于自己不赞成的观点也不会立刻表示反对。反复探讨弄清楚之后，才会回答说"看来月亮上没有兔子嘛"。

"俺原来当过卫生兵。"春君对公交司机们说道，"俺们这些兵以前也叫'卫生卒'。"

"不愧是春君啊。"一个司机说道，"头脑不灵光还真是当不上卫生兵呢，春君就是不一般呐。"

"哪里哪里。"另外两人还没来得及表示赞同，春君说道，"这么说吧，当不上普通士兵的人才会去当卫生兵。"

司机们表示反对。司机们说，伤员多得忙不过来的时候卫生兵"还要代替军医出诊"，脑子一定要好使，一般人肯定不行。而且他们说这话的时候丝毫没有阿谀奉承之嫌，并没有因为春君是公司的会计主任，又请他们喝啤酒就给春君戴高帽。他们对春君的敬爱之情发自肺腑，春君聪慧的头脑甚至成了他们自身的骄傲。

"俺记得有过这么一件事。"春君说道，似乎想要岔开他们的溢美之词，"二年兵那年秋初，三联队爆发了恶性流感，好像是叫禽流感，部队外也是大流行。这个病能够引发肺炎，死了很多人，因为找不到有效果的药，所以能否治愈全凭病人自身的抵抗力。已经到了这种地步。"

"打针也不管用吗？"

"充其量就是打一针强心剂。"春君回答说，"这个就不多说了。"他并不想跑题，继续说道："俺讲讲俺现在还记得的部分，你们边喝边听。"

"别忘了喝嘛。"一个司机说道，"虽然比起啤酒，俺更爱喝烧锅子。"

"在患病的士兵里，"春君没理他，接着讲道，"有一个名叫岛田的一年兵，他家是能登那边的，好像是佐渡的，现在已经记不得了，膀阔腰圆，像个相扑运动员。"

"那个，"最年轻的司机问道，"如果老家是能登或佐渡的，那么入伍地区是不是不对啊？"

"暂住的话是可以的，只要在东京递交了暂住申请，就可以参加暂住地的联队。"春君解释道，"提起麻布的三联队，那入队申请可是来自全国各地，多得数不过来啊。"

"是的是的。"另一个司机说，"三联队可是荣誉联队啊。"

"那个叫岛田的一年兵呐，"春君赶忙把话题拉回来，"进了卫成医院很快就不行了，军医也束手无策，联队给岛田的亲属发了电报，他的母亲和妹妹赶了过来。"

"赶上了吗？"

"军医说估计赶不上了，俺正好值班，俺也觉得这种情况估计是来不及了。"春君说，"但不知道怎么回事，他一直挺到母亲和妹妹赶到，之后还接着挺了下去。"

"这么说，痊愈了？"

"依然是病入膏肓。"春君说，"一直处在马上就要不行了，眼瞅着就要走了的状态，但却一直没有死。"

"真揪心啊。"

"不仅如此，军医已经放弃了，对他不闻不问，尽管还有很多其他患者，但俺却不能离开岛田一年兵。"春君露出洁白的牙齿，耸了耸肩，表示左右为难，"之所以会这样，是因为岛田处在濒临死亡的状态，一来需要时不时地注射强心剂，二来是考虑到如果咽气的时候身边没有所在联队的人，那么会追究军队的责任。"

"原来如此。"三人当中看上去最年长的、二十八九岁的司机语气里带着深深的思索，"自从裁军开始，不仅那帮土匪横行霸道，耍起了威风，就连军队也不得不考虑老百姓的感情。俺打根儿上反对裁军，国家就不该这样。"

"就这样俺还算是好的。"春君拉回话题，"俺还能换班，换班之后可以休息。他母亲和妹妹就可怜了，又瘦又小的母亲，还有二十岁上下、身材壮实、酷似她哥哥的妹妹，一直陪在病人枕边，盒饭也是在那儿吃，除了去厕所，一刻也不离开，甚至没有合过眼。"

"这就是亲情啊。"

"这就是亲情。"春君说，"俺是执行军务的卫生兵，根本做不到她们两个那样，寸步不离，也不合眼，轮换着和病人说话，止不住地流眼泪。母亲和妹妹眼睛都哭肿了，每次听说岛田快不行了，两个人都会抱着他号啕大哭。"

"都这样了也没有死吗?"

"都这样了也没有死。"春君说，"因为他的心脏功能非常强大，就连军医也说从来没见过这么顽强的心脏。但是心脏这么强大也不一定是好事。"

"不愧是专家啊。"

"这种状态持续了整整三天。"春君再一次巧妙地避免了话题被岔开，"虽说是三天，但对于在场的当事人而言，三天不亚于五天、十天、半个月，在此期间没有片刻消停，眼看就快要咽气了，两人抱头痛哭，结果发现人还在，又缓过来了，不由得喜极而泣，然而不一会儿又危在旦夕。"

三个司机默默地喝着啤酒。对那颗"顽强"的心脏的反感，在他们脸上暴露无遗。

"可惜终究是无能为力，寿命将尽，即便是天皇陛下的子民也难逃一死。"春君的话仿佛让三人苏醒过来，"第三天晚上十点左右，正好是俺接班之后不久，岛田一年兵死了。"

三人看着春君。"即便是天皇陛下的子民也难逃一死"这一令人震撼的评价，和"强悍的心脏最终投降了"的表达，一下子让昏昏欲睡的好奇心重新焕发了生机。

"这样啊！"一个司机抚摸着桌子，似乎想笑，语气里却又透露出一丝忧伤的气息，摇了摇头说道，"果不其然呐。"

"俺叫来了当班的军医。"春君继续平静地讲述着，"赶来的年轻军医把了把脉，用听诊器对着心脏听了听，查看了瞳孔，然后坐在了椅子上，等待患者真正死去。"

"例行公事啊。"

"这不是例行公事。"春君稍稍有些不快，但并没有让这种不快表现出来，他用低了半个八度的声音继续说道，"——很快岛田一年兵的心脏停止了跳动，军医是个很谨慎的人，不敢轻易下结论，于是用听诊器很耐心地听了半天，但是毫无疑问心脏已经停止跳动了，于是年轻军医从耳朵上摘下听诊器，缠着胶皮管，向岛田的母亲和妹妹宣布'节哀顺变'。"

"军队也这么说吗?"

"然后，"春君无视提问，继续说道，"那个岛田一年兵的母亲，擦了擦迷离的眼睛，打了一个大哈欠。"

"你说她怎么了?"

"就像被母亲传染了似的，岛田的妹妹也打了一个大哈欠。"春君似乎是在回味当时的情景，低垂着眼，沉默了大约十秒钟，然后缓缓向左右摇了摇头，说道，"三天三夜，不眠不休地陪床，除了哭还是哭，所以也没什么好奇怪的吧，一听到他咽了气，他母亲和妹妹就在枕边……"

到这里，春君便不再往下说了，年龄最大的司机打了一个大大的哈欠。

留君和他的女人

三十六号船的水手留君三十四岁，是个老好人，肤色黢黑。人们都说“不管晚上多黑，也能看出留君长得黑”，对此他自己倒也认可。在《芦苇里的一夜》提到过，三十六号船的船长嘟噜君由于视力严重退化，所以掌舵的时候不得不依赖留君帮忙，留君也自豪地表示“没有俺三十六号就玩完了”。留君虽然为自己意义重大的地位而深感骄傲，但对于长得黑这种事却是不以为然。“俺家从父亲那一辈就上船了。”留君曾如是说，“长得黑是血统纯正的证据。”

他出生在霞浦北边的鉾田町，父亲在霞浦的通船上做工，因而他从很小的时候就开始随父亲上船。有一次我去彦山光三（现相扑评论家）家中做客，讲了许多浦粕町的故事，彦山夫人忽然说：“我知道那个留君。”仔细一问，发现的确是同一人，夫人也是鉾田町生人，一说起留君有点缺心眼，长得黑还有擅长乱扭乱蹦地跳舞，都是如数家珍。这让我非常惊讶，夫人也惊奇地说：“世界真是小啊。”我回到浦粕之后，稍稍用心研究了一下“世界真小”这个社会上共通的认知，而后我发现类似这种邂逅恰恰证明了"世界的广阔"。简要来说其实就是平行线定理，我有我的人生坐标，彦山夫人也有她的坐标，留君也是一样，每个人都在自己人生的坐标上生活着。根据欧几里得定理，平行线永不相交。但也有非欧定理称"在无限大的空间里平行线会相交"。也就是说，正因为世界广袤无垠，不同坐标上的三个人才有可能相遇。恰逢要写这个故事，于是便向多个出版社的年轻编辑朋友请教了平行线定理。原本我对于数学就是一没兴趣二没天赋，就连这个定理是不是欧几里得提出的都记不清楚了，结果各位编辑的意见也是五花八门，其中有一个新编辑甚至说"欧几里得自己提出了非欧定理"，这让我对"若要精，人前听"又有了新的感悟。

留君在筱咲码头附近租了一间房子。这间房子虽然是由渔夫的仓库改造而成，却也是一座独栋房。我没有去过。筱咲地处浦粕上游，是一个面朝根户川堤坝的小村落，走着去大约要用一个多小时，但因为土堤上有一排樱花树，所以知道这里的人不少。据说不知道有多少女人曾死乞白赖地赖在留君的房子里，我刚到浦粕那会儿，都是在高品君的炉旁，听他讲述自己缺心眼的故事，逗得围坐在炉边的人们哈哈大笑。留君对女人没有抵抗力。他领了工资就存放在高品夫人那里，高品夫人扣下必要开支，将剩下的钱存到邮政储蓄，代他管理存折。平时留君不怎么花钱，在酒席（还到不了这个程度）上就专门讨酒吃，讨到了就来一段擅长的胡扭乱跳，要不就是唱鉾田当地的民歌，总之从不在吃喝上花钱。

"所以钱都存了下来。"高品夫人对我说，"虽然钱是存下来了，但是一攒到差不多一百块的时候他就弄个女人，落个分文不剩，然后就说这次接受教训了，这次已经悔悟了。之后继续攒钱，抽烟都恨不得捡别人的烟屁股，可是刚攒够一百块，马上又和女人勾搭上了，也不知道是留君自己去找的，还是那些女人嗅觉灵敏，我当然是从来都没有提过存折余额的事儿，但真够邪门的，每次一攒够那么多钱，他就会弄个女人。"

说是女人，其实都是妓女出身。有的是与红火屋断绝关系的女招待，有的曾经是龟户的红角儿，有的则是被酒馆赶出来的，那帮人的经历大抵如此，而且根本不会安分守己地组建家庭，把留君的存款糟蹋个精光，之后自己拍屁股就走。

我不知道这种事情一共发生了多少次。我搬到浦粕的时候，他好像正处于殚精竭虑、勒紧裤腰带攒钱的阶段，喝酒就是在高品先生的炉边，或是朋友请客，抽烟就捡别人的烟屁股。差不多一年过去了，高品夫人说这时候差不多又要开始了。

"不过目前还没动静呢。"夫人回答我说，"存款已经超过一百了，真是难得，今天查了查，将近一百二了呢，这还是头一次攒这么多。"

这话说了之后又过了几十天，高品夫人的预言就成真了。一天，在高品家的炉旁，夫人给我讲述了这件事。当时只有高品夫妇和我三个人，正剥着茅栗，喝茶聊天，夫人忽然想起来什么似的说道：

"终于还是弄了，已经一个多月了。"夫人看我一脸诧异，作势要打我，"没听明白吗？留君弄了个女人啊，又是一塌糊涂。"

"听说是个名叫八兵卫的妓女呢。"高品君语气柔和地说道，"不对不对，八兵卫不是女人的名字，是潮来附近花街柳巷的妓女们的代称，据说是去往鹿岛、香取等地参拜的时候，有来时或去时寻花问柳的说法，后来就取谐音合称为'八兵卫'了。"

女人是在洲崎之类的地方和留君有染。之后好像跑到了潮来还是什么地方，又遇到了留君几次。今年"从良"，于是约定要结为夫妻，之后女人便自顾自地住进了留君家里。都已经到了茅栗大批上市的季节，还穿着一件洗得发白的浴衣，拎了一个小包袱，就这么赖在了筱咲的房子里。据说对于这样一个年龄比自己还要大三岁，干过"八兵卫"之后"从良"的女人，留君居然乐不可支、诚惶诚恐，不仅烧菜做饭，甚至还帮女人洗内衣内裤。

"这样的话可不行了。"高品夫人回答我说，"如果留君说女人答应要结婚，又说这一次一定会成家踏实过日子，那么岂不是又要把存折交给她了，你说是不是？"

"而且对方还是这么个女人。"高品君也说，"估计是无路可走了。这次会不会真的安顿下来呢？"

而后又过了大概十天，我在浦粕亭一边喝着啤酒，一边听秋叶轮机长讲述有关留君的女人的最新消息。

"先生，那女人可不得了啊。"秋叶轮机长木讷的脸上带着微笑，说道，"听说是卖春卖太久了，身子留君一个人伺候不过来，然后就勾引通船上的人，也不挑剔，轮换着来，每次船到筱咲，就有一个人下船，然后船从德行返航，这个人上船，再换人下船。"

我犹豫着问秋叶轮机长，他露出了淳朴但又似笑非笑的表情。

"不知道他发现没有，俺猜他应该已经察觉到了。"秋叶轮机长说道，"三十六号船都有人轮换下来，听银公（参见《俺没有反抗》）说，那女人还大喊什么'你要是心里别扭就一个人给足了呀。'"

我叹了口气，秋叶轮机长也叹了口气。

"一群禽兽，真是一群禽兽。"他盯着杯子里渐渐消失的啤酒沫，说道，"不管对方再怎么勾引也不能随随便便动别人的女人，还在留君面前当笑话说，太缺德了，这群东西拿他们怎么办！"

在高品家的炉边也很快就听到了这件事。不过，就像之前多次提到的那样，一次都没有听到有人——除了秋叶轮机长——谴责过这种事。按照浦粎的民风，这种寻常家庭都有可能发生的事情本来就不值一提，更何况留君情况特殊，那个女人原本就是八兵卫出身，所以连拿出来当成笑话讲的价值都没有。之后不久，我听到了第二条消息。那就是女人和别的男人也定下了婚约。那人是新川堀榻榻米作坊的工匠，再有半年时间就能自己开店了，女人的行李等家伙什儿都已经搬到那个男人那里去了，在留君这里就是混口饭吃，只等开店。

这第二条消息是通船的年轻水手们传出来的。水手们光顾她的时间并没有持续太长。据说因为那女人不仅丑陋粗鄙，而且整个是一帖"拔脓膏药"。

"三十二号船的仁公原来有一百二十斤重呢。"一个水手说，"去了五六趟，眼瞅着瘦了二十多斤啊。"

因此在那之后务必要滋补一下身体，按照他们的说法，回头一算，花的钱反而更多了。于是一个一个地撤退了，最后谁都不再去了。有一次一个年轻水手干活的时候忽然血液沸腾，船一停靠筱咲马上跳下船，怀揣着难以抑制的冲动直奔留君家。结果有人捷足先登，大白天的门窗紧闭，屋里正在上下翻飞地"舞着狮子"。年轻水手气不打一处来，听说那心情就好像是自个儿的婆娘在偷汉子似的。他把耳朵贴在挡雨板的缝隙处，仔仔细细地听里面"舞狮子"。船从德行返航还要一个小时，在那以前，他也确实没有打发时间的好办法。

　　那个先到先得的客人是新川堀榻榻米作坊的工匠，他和女人的瓜葛渊源直到这时候才真相大白。经年轻水手报告，这件事很快便在船员们中间传开了，确认无误之后，大家立马转变态度，对留君报以同情。据说，此前在筱咲比谁下船次数都多的二十九号船的平助还义愤填膺地说"世上竟然有这种禽兽"。显然这些风言风语也传到了留君的耳朵里。虽然没理由不知情，但当事人还是摆出一副一无所知的表情。有一次在高品家的炉边，不知道是谁当着当事人的面含沙射影，高品夫人瞪了那人一眼，严肃地告诫他"住口"，但留君似乎并不介意。

　　"人家乐意说就让人家说嘛。"留君羞赧地笑着，乌黑的脸上都堆起了皱纹，像是恭维似的，很难为情地说道，"那人的毛病就是嘴上没轻没重，净说些有的没的，招人误解，毕竟还不谙世事嘛。"

　　"轻的只有嘴吗?"另一个人说道，接着便被高品夫人喝止。

当时我也在场，对留君那句"毕竟还不谙世事"心有戚戚。留君或许是想袒护自己的女人，不过，在这些平日放浪形骸的人当中确实有一些人出人意料地"不谙世事"，这就好比是相当多的明明这辈子满脑子只剩一个"吃"字，但却丝毫不了解何为"贫穷"的人——说的是那些对贫苦之人毫无同情心的利己主义者。留君说的很可能是对的，留君尽管稍微有些木讷，但我认为，他的直觉可能比那些人一瓶不满半瓶晃荡的观察能力，更能够看穿真相。

开春之后，我在根户川亭偶遇留君。我要了一瓶啤酒，一份炸猪排饭，一边看书，一边慢慢悠悠地打扫酒菜。留君坐在角落里的一张桌子旁，和两个水手一起喝酒聊天。桌上摆着三四个已经空了的酒壶，堆放着许多菜碟和盘子，留君兴致不错，爽朗地边笑边聊，劝酒劝菜："来，喝一个。来，再吃点。"

很长一段时间，留君的事都不在大家关心的范畴之内，我也再没听到像样的传闻，因而那天晚上看到他开朗的样子，我并没有什么特别的感觉。然而，之后我又在根户川亭看见他出手阔绰地请水手同事吃饭，心中迷惑，不知道这是怎么回事。后来高品夫人对我说，留君的"那个女人"，不知因为什么机缘当上了根户川亭的女服务员，这让我大吃一惊。

"哎呀，你不知道吗？"高品夫人说，"有一个月了吧，说是老是玩也不是个事儿，就不请自去了。"

我想了想，问高品夫人。

"哎呀，这你也不知道呀？"夫人很惊讶似的回答说："听说榻榻米作坊的工匠有了别的女人，他虽然和小秀——就是留君女人的名字——约好要结婚，但只是说说而已。不过小秀不是说要从良吗？当小秀跑到他家里去的时候把他吓出了一身冷汗，又不能说不乐意，所以就找了借口，让小秀等他开店，二月份就不知道跑到哪里去了，连小秀放在他那里的行李什么的也都卷跑了，就是这么回事。"

我为留君感到可喜可贺。

"怎么说呢？"高品夫人露出了暧昧的微笑，"榻榻米作坊的工匠虽然跑了，那个女人去了根户川亭之后也进步不少，不过眼下留君的存款又是一分不剩了呀。"

没过多久，我亲眼见到了那个名叫小秀的女人。

她的皮肤是暗淡的土黄色，额头隆起，头发打着卷，极为稀薄。身材瘦小，骨架子却很粗壮，乍一看很肥硕，实际上瘦骨嶙峋，皮包骨头，干瘪的皮肤上到处都是褶皱。大如铜铃的眼睛里透出一种不怀好意的锋芒，嗓音沙哑如同摩擦砂纸，而且不管说什么都气势汹汹的。我想破脑袋也想不明白，这样一个女人，究竟是哪里吸引了年轻人。更何况她看上去不会小于四十岁，说她四十六七也肯定有人相信，显然根户川亭的老板和之前的女服务员们——可以这么称呼——都丝毫不掩饰对她的厌恶之情，但她似乎一点也不放在心上，总是用鼻子冲着那些人，仿佛在说"这群二百五"。

几次前往根户川亭，我都不得不目睹悲惨的现实。虽说是"几次"，但我的经济实力不允许我去得如此频繁。我记得可能是每月两三次，也可能是一两次。留君也不再大手大脚地请同事吃饭了，小秀服务客人的时候，留君会帮她拿啤酒和烧酒，帮她端客人点的小菜和西餐的盘子。

"留公，啤酒！"小秀用沙哑的嗓子喊道，"能不能快点，别磨磨蹭蹭的，听见没有！"

"拿炸肉丸子来，留！"小秀瞪着三角眼，"这是什么！这不是炸肉薯饼吗？笨蛋，快去换！"

客人说不用换了。小秀却充耳不闻，叫嚷道："炸肉薯饼不是炸肉丸子！能不能拿走呀，一点长进也没有，还不快去！"

"你这么凶干吗？"留君弓着腰，一脸哀怨地看着女人，"那样做出来的东西，怎么能说换就换了。"

"那你把钱付了啊。"小秀说，"谁让你弄错了，快去把炸肉丸子拿来，喂，把这盘炸肉薯饼放下吧，我吃，你付钱，听见没有！"

留君"好好"地答应着起身走开了。

"真是又蠢又迟钝。"小秀撇撇嘴，那撇嘴的动作让人看着就来气，"就是在通船上待傻了，蠢头蠢脑，三棍子打不出个屁来。"

我看这个女人很不顺眼。

"到底怎么回事啊，留君？"

"为什么会被这种女人呼来喝去？为什么不一拳揍在她脸上，把她踹翻在地，啐她一脸？留君，你还是不是男人？"我在心底叫道。到现在我还记得当时我气得浑身发抖。不过，为了自我克制，我反省道：

"那个女人这辈子也饱受了社会之苦。"

不知道是何原因，年纪轻轻便走上了出卖肉体的道路，在花街柳巷颠沛流离，甚至沦为"八兵卫"，在从良之前没有一个客人为她赎身，与她山盟海誓的男人却金屋藏娇，在她从良寻来之后，将她托付的行李席卷一空，逃之夭夭。如果有人遭遇如此悲惨的命运，那么他绝对不可能保持平和温柔的心态。想要以牙还牙，可能也是人之常情。我劝慰自己，不应该一味责备那个女人。可是随即，一个声音在我心里喊道，这个结论是错的。

如果要泄愤，也要有泄愤的对象。

她固然饱受人世之苦，但留君也是一样。总是被年轻水手们嘲讽，甚至是当面说"留君缺心眼"，而且每次攒到一百块钱，就被女人骗个精光。难道这两个同病相怜的人不应该相互劝慰、相互勉励吗？我像这样自问自答的时候，留君正在遵照小秀的命令端酒，被训斥之后就挠挠头。

"这个留公啊。"小秀对客人说道，"别看他这么笨，跳舞还蛮厉害呢，只有胡跳乱跳的时候有个人样子。"

"好不好，让留公来一杯，给你们表演一下？"小秀又说，"没拿啤酒吗，这酒又凉了，可以的话让他喝点给你们跳一个吧？"

客人说了句什么。那位客人是谁，是一个人还是和同伴一起，我都已经忘记了。从我的座位上的确也看不到，但总觉得客人不是本地人，应该是外地来钓鱼的。

"来，喝吧，留公。"小秀说道，"不要贪，真不像样，喝一杯就行了啊。"

我看见留君说了句什么，小心翼翼地喝了一杯酒。

"来吧，跳一段吧。"小秀把酒杯从留君手里夺走，说道，"好好跳，跳得好还让你喝，快跳吧。"

留君站起身，用手绢包住头，脸上挂着腼腆的笑容，慢慢吞吞地把衣服下摆掖进腰带。

"这女人是什么玩意?"

我咬牙切齿，心里骂着。留君开始跳了。滴答滴，咚咚，自己还给自己伴奏，不管彦山夫人怎么说，这都根本算不上"擅长"，虽然对于舞蹈我的知识仅限于看过民间神乐、新桥的席间助兴舞蹈和柳家的狮子舞。我把眼睛从正在舞蹈的留君身上移开，匆忙结了账，逃也似的跑出了根户川亭。

"巡礼啊巡礼，"沿着昏暗的土堤向家走去，我为了平复激动的心情，出声念叨着，"虽有苦难一往无前。"这是当时将我从绝望和失意之中拯救出来的一本书——斯特林堡的《蓝书》当中的一句话："纵然忍受苦难，也要一往无前。岂能寻求安居，人生就是巡礼。"

结　语

我逃离了浦粕。不单是因为厌倦了当地的生活，更是因为我意识到不能待在这种乡下。我走遍了町上的每一个角落：冲之百万坪，被白色烟雾笼罩着的石灰工厂，芳老头家附近的三棵松，消防小屋，从堀南走过中堀桥，在运河旁的土堤左侧眺望鱼塘宽阔的水面，然后走到了东边的海水浴场。就这样，我作别这片土地和风景，但却没有告诉任何人我要去往东京，甚至没有告诉高品君夫妇。留下了四个书箱，里面塞满了卖剩下的、半是废品的书，还有桌子、破旧的坐垫和千疮百孔的蚊帐，还有洗都没洗就塞进衣橱的内衣和袜子，其他破烂也都一股脑地丢下了。之所以这样，是因为我最讨厌收拾东西，不只是讨厌自己动手，甚至都看不得别人收拾东西。随身之物只有几篇已经写完的书稿、素材本、五本写生本和笔，连蒸汽船都没有坐，步行从町里逃了出来。没有回头看一眼。于我而言，浦粕町已经是历史了。不论是我的眼睛，还是我的心，都只向着前方。

“等到了东京，”我低声给自己打气，“我一定行的。”

“到了东京，”我小声说道，难掩心头不安，“究竟能不能行？

只要活下去，别无他求。"

我走在尘土飞扬、一片肃杀的路上，一会儿争强好胜的心气涌上心间，一会儿又想到自己的才薄智浅和创作小说时的艰难困苦，顿时感到一阵苦闷袭来。

八年之后，我又来到了浦粕。当时是与小西六的秋山青磁和战后亡故的森古文吉结伴而行的。不过，并非起兴于怀旧之情等风流的心境，而是秋山和森古要去采风拍照，我充当他们的摄影向导。我们要从高桥搭乘东湾汽船，正要上船，忽然听见有人叫了一声"是先生呀"，我一看，留君站在那儿，不由得吃了一惊。

本以为他会揍我。那是因为大约半年前，我以"留君和他的女人"为题发表了约二十篇短篇。承蒙时任编辑的宫田新八郎的好意，刊登在了《朝日画报》上，而以浦粕笔记为素材创作的几篇短篇小说当中，留君的故事最接近事实。我安慰自己说，留君读小说的可能性很小，至少没什么机会读到《朝日画报》，要镇定，镇定。没想到，留君说他"读过那篇了"。

"听说俺被写进小说了。"留君说道，那张不论夜晚再黑也能看得出黑的、煤炭一样的黑脸上带着羞涩的笑容，"高品君的夫人拿给俺的，俺读了。"

"那个，"我赶忙说道，"那个，那就是小说而已。"

"俺可爱惜它呢。"留君没理我，自顾自地说道，"要爱惜一辈子呢。"之后又说："俺要把它当作传家宝。"

然后显得有些害羞，向事务所方向渐行渐远。

留君一点儿也没变。我简要地向秋山和森古讲了原委，乘坐的通船从竖川出发后，我便眺望着沿岸的风景陷入了思考。留君看上去人没有老，还和当初一样憨厚。也许现在依然会被人说是"缺心眼"，依然是女人们眼中的那个冤大头吧。把这样一个人写成小说然后取换取生活费的做法实在可耻。留君虽然面色羞赧，但真正应该羞愧的人是我，这样想着，忽然感到浦粖之行犹如一副重担。

不知道会遇到谁啊。

船宿千本的少年小长、仓哥儿、芳老头如今都怎么样了？红火屋的姑娘们、幸山船长呢？还有其他很多很多人，与他们相逢，又会怎样呢？

那就尽量不要见到吧。

我这样想着。我并没有把这里所有的人都写进小说，但可想而知写了留君这件事（从留君的口气推测）必然已经流传甚广，而且有些容易怀有偏见的人读到某一篇的时候难免会对号入座。

"尽量不要见人吧。"我透过舷窗向外眺望，自言自语道，"尽可能不要靠近危险的地方。"

船抵达浦粖，我三步并作两步地穿过蒸汽河岸。

在船宿千本的店门口，一个陌生的年轻人正在拾掇绳船。是小长吗？年纪倒是差不多。我用余光观察，并没有打招呼。町上还是从前模样。红火屋澄川和荣家都挂着同样的招牌，三棵松伸展的枝丫一如当初。我催促着频频按动快门的两人，走过运河两岸，环绕过冲之百万坪，抵达东边的海水浴场，随后走进堀南的天铁，吃了一顿天妇罗。在此期间没有遇到一个熟人。那个会吆喝一嗓子"今天进的食材很不错",然后送上免费天妇罗的小花姑娘也不在了。之前只有一层,如今已是二层楼,有一个红火屋女人模样的女招待,一问三不知,倒是不停絮叨着什么人生在世关键是要及时行乐,管那么老远之前的事情做甚,要不就是"哪位让倒酒来着""您看我作陪可不可以呀"。没人劝她喝,她自己抓起啤酒就咕嘟咕嘟地喝了起来。

"变样了呀。"秋山说道,"这不整个一红火屋吗?"

我还住在蒸汽河岸的时候,秋山曾来过两次,也在天铁吃过饭,因此他对这里的变化一清二楚。我也很扫兴,草草把饭打扫干净,就走了出去。然后在返回蒸汽河岸的途中,遇到了小玉的父母。

老夫妻正在道路稍微靠里一点的一块大约三十平方米的空地上制作竹笼。竹笼是用来挖贝壳的,大约一米见方,其中一边是能够插入沙地的铁齿,附带一根长约四米的小杉木杆子。夫妻俩的头发都已经白了,衣着臃肿,弓着背,在太阳地不知疲倦地摆弄着竹劈子。

"那不是小玉的母亲吗?"

我对她父亲没有什么印象,但一看她母亲立马就认出来了。她和我关系很好,当初也很照顾我。说是独居的男人大多不注意卫生,便每隔三天来帮我打扫一次,又说不吃菜对身体不好,隔三岔五地送酱菜给我。而且小玉,这个人小鬼大的小玉,经常和船宿千本的小长一起来向我报告当地的新鲜事。

"绵屋的小露十二岁就长出一点点毛了。"

"谁家的老婆和谁搞在了一起。"

虽然很多都是只有女孩子才关注的风流韵事，但我也从中积累了不少素材。我静静地走到老夫妻身边，摘下帽子向他们打招呼。

"久未谋面，"我说，"您身体还是很硬朗啊。"

两人缓缓抬起头看着我，脸上没有半点反应。

"我是蒸汽河岸先生呀！"我露出笑容，说道，"小玉还好吗？"

听到女儿名字的瞬间，两人身体一哆嗦，表情陡然僵硬，既像警惕，又像恐惧。不管是警惕还是恐惧，很明显，小玉一定"出了事"，而且这件事给这对老夫妻造成了巨大的打击。

"这位老爷啊，"父亲用如鲠在喉的嘶哑的声音反问道，"您是谁？打哪儿来呀？"

我看着她的母亲。

"阿姨，您不记得我了吗？"我说道，"我是蒸汽河岸先生呀，当初您经常去我家帮我打扫卫生呢。"

我把蒸汽河岸的人和事，甚至自己的真名都说了，然而小玉的母亲完全想不起来。她抬头盯着我，仔细端详，然后慢慢地左右摇了摇白发苍苍的头。体型还像以前一样胖，肥硕的圆脸上也只是多一点皱纹，和那时没有任何变化。我仍然是历历在目，那个人经常责备我说"单身男人过日子真是不像样"，然后说要开始打扫了，就把我赶到外面去。那个人就在这儿，我认识她，但她却不认识我。那抬头看我的眼神，还有那白发苍苍的头，有气无力地左右缓慢摇晃的动作，都明白无误地表示"她不记得"。

"可悲啊。"我返身走向马路，边走边呢喃道，"人啊，实在是可悲啊。"

　　我沉浸在一种无法言说的悲哀之中，仿佛胸口开了一个空洞，寒风从中呼啸而过。无法言说的悲哀，眼下除了这句话，我再也找不出其他词句可以形容。当我和两位同伴坐上通船，我在心中默念，这座町，我不会再来了。

三十年后

十月下旬的一天，我和两位同伴一起前往浦粕町。

因为听说从江东区的高桥出发的通船，还有葛西、东湾两家汽船很早以前就已经停运了，改成了需要倒车的公交专线，所以我们试探着和出租车商量，答复说"能走"，便放心地出发了。同伴之一是我的一位年轻朋友，他是某出版社编辑部的成员，今年夏天曾去浦粕采访过，据说当时是坐出版社的车去的，所以就算出租车司机迷路了，他也应该认识路，因而无须担心。

实话实说，我十分犹豫。浦粕笔记已经连载一年，出场人物当中有很多依然健在。《结语》一章曾记述了我遇到留君之后的张皇失措，而且或许还会有人读了《青舟物语》之后对号入座，正磨刀霍霍地等我送上门去。一方面是希望避免这种麻烦，另一方面也是担心浦粕这块土地会让我记忆中的怀恋支离破碎。不过，值此整理并发表笔记的机会，我想要再看一眼青舟的世界，这一诱惑终归是更胜一筹，于是便乘兴启程了。

我想利用在路上的时间，给《青舟物语》加一些注释。我曾在第一节末尾提到，这一系列故事当中有几篇已经加工为小说并发表了，另有一些也计划在今后改为小说，并预先将大意告知了编辑部和读者。之所以这样说，是因为如果将这些作品排除在外的话，这本书就不完整了，而且作为小说发表的内容和收集在本书的内容也是截然不同的。另一个原因，是这部物语在战前曾计划发表在《三田文学》。和木清三郎君（现为《新文明》总编）进行了编辑，当时我整理了笔记，将其定名为《青舟物语》，做好了连载的准备。结果由于人事关系变动，我主动撤回了，幸亏如此，要不然这部笔记可能已经逸失了，尽管为时已晚，但在此还是要向和木清三郎君道一声感谢。

出租车穿过东京，进入本所，驶向锦糸町。战后我还是第一次到这里来，原来尽是荒地、沼泽和田野，如今惊讶地发现已经是工厂林立，屋舍鳞次栉比，柏油路四通八达。司机师傅和我的朋友争论不休。

"走那边的话就去千叶了。"朋友提醒说，"走这边，我记得是走这边，没错，我记得就是走这边。"然后又没信心似的说道："要不问一下吧？"

我这个年轻朋友常常自诩对当地很熟悉，但可能就是因为对当地太熟悉了，和他一起乘车出行时，时常会跑到匪夷所思的地方，即便明知道弄错了他也满不在乎："放心，在那边拐个弯就能走到啦。"话是没错，但凡是在有路的地方转上个三圈两圈，基本上就能抵达目的地。每当这个时候，我都会在心里默默感恩，庆幸日本国土狭小，那天的司机师傅很快便不胜其烦，没有了争论的耐心，于是就在我朋友的指挥下左转右转，下车问路，掉头往回走,心平气和地听令行事。

　　就这样出租车总算是到达了浦粕町。当车驶过架在根户川上的大铁桥的时候,我让车停下,眺望河流的上下游。只见两边都已经彻底变了模样:河流沿岸的草原和荒地都盖上了一排排的房子,就连河流中央的小岛妙见岛上也挤满了工厂建筑。蒸汽河岸围上了高高的混凝土堤坝,因为是堆土建造,道路比船宿和民居还要高出一米多。

　　"啊呀,千本家的店还在。"我说道,"那就是小长所在的船宿千本。"

　　同行的两人都读过《青舟物语》,知道船宿千本和人小鬼大的少年小长,应该能够真切地体会到我的感触。先去千本吧,我让车驶向蒸汽河岸。小长可一定要在啊,我在心中热切期盼,同时也做好了愿望落空的准备。

　　"稍等一下。"我转念一想,说道,"先去我之前住的地方看看吧,车往那边开吧。"

　　车向着与蒸汽河岸相反的方向缓缓行驶。先看到了红火屋喜世川,而后是澄川,都没有挂简餐招牌。然后是一堆乱七八糟的破旧小屋,孩子们玩耍的土堤上几乎没有什么草本植物。之后,我看见了我前前后后居住了三年有余,地处荒地之中的独栋房子。

　　"是这里吗?"我让车停下,环顾四周,"哎呀,哎呀,是这里,这边之前是空地,对面是田圃。——没错,就是这栋房子。"

　　房子也变了样。原本在西侧的入口改到了南面,我伏案写作的窗户被堵死了，涂满了黑色的柏油。《土堤之秋》一章中年轻人哭泣的斜坡变矮了，茂密的草丛也不见了。左右已经盖起了密密麻麻的房子，当初独门独户的感觉已是荡然无存。

"掉头吧。"我说，"请您往回开。"

我们驶向蒸汽河岸。车刚在千本门前停下，店门口船老大模样的年轻人们便精神饱满地蜂拥而来，中气十足地招呼说欢迎光临。在会做生意的千本店里人看来，乘出租车来钓鱼的客人都是"冤大头"，我走下车，随即向他们摆了摆手。

"我不是客人。"我说道，"我不是客人，有事请问一下，很早之前一个名叫小长的孩子现在还在这里吗？"

正想问问小长近况的时候，店里一个整理渔网的男人忽然抬头看我，回答说：

"小长就是我。"

"啊——"我吸了一口气。

"我就是小长。"那个男人说道。

细长脸上有一些未经打理的胡茬，经过风吹日晒，脸上的皮肤黝黑，机敏的眼睛闪闪发光。头上扎着一条旧毛巾，工作服下面穿着一双低筒靴。他就是长太郎吗？我一边将眼前这个中年男人形象和自己印象中的少年的容貌重叠在一起，一边问他还记不记得"蒸汽河岸先生"。

"是高品的老师吗？"小长反问道。

"不是，是靠高品君帮忙来到这里的。"我说，"租住在那边那座独栋房子之前，我还在这家千本的二楼寄宿过一段时间，你那时候是小学二年级升三年级。"

"这样啊。"小长含糊地笑了笑,"那么早之前的事情啊。"

"仓哥儿怎么样了?"

"仓哥儿还在,唔。"说着小长点点头,"请进吧,我去叫我妈。"

"哎呀,您母亲还健在?"

"老爷子走了,老母亲还在。"

小长走进店里,大声叫他母亲。随后只见一个人一边恬淡地应和着,一边走了出来。尽管已是年近古稀,但看上去要年轻得多,从柔和的容貌上可以明显找出当年的影子。小长做了介绍,我又重复了一遍。她虽然很和蔼地打了招呼,但似乎并没有想起我是谁。

"进来喝杯茶吧。"小长说。

"不了,等一下还要去冲之百万坪看看。"我说道,"好像变化很大,沼泽和荒地还在吗?"

"都盖上房子了。"小长说,"您要去看的话我给您带路吧。"

"不妨碍做生意吗?"

"店里有掌柜的在就行。"然后小长朝他母亲说道,"我去一趟百万坪,这就回来。"

我也事先打了一声招呼"一会儿还要叨扰",便走出了店。

在以前通向东边的运河和根户川相互交汇的地方,架起了一座大桥。这条运河两岸也修筑了防波堤,桥很高,桥头需要走石阶才能上去。据说在台风凯蒂期间遭到了重创,之后便修建了这些防波堤。走过这座桥,来到根户川河岸,向下游走去,紧挨着左手边就是石灰工厂，这就是《白色的人们》一章里出现的工厂，建筑还是老样子，墙板错位，柱子弯曲，整体向后歪倒过去，而且到处都是灰白色的粉尘。

"厂长换人了。"小长回答我说，"现在干活的时候大家都会戴上帽子和口罩，也不用剃掉头发什么的，女人们也不再赤身裸体了。"

"从运河到这里，"我对两位同伴说道，"就只有这座工厂、事务所和员工们的大杂院，后面一直连接着百万坪。"

"是的，那就是当初雷的船厂。"小长指着根户川对岸，回答我说，"那就是工厂原址，现在已经破产了啊。"

句末上扬语调的"啊"唤醒了我的记忆。毫无疑问这是少年小长的语调，略微有些粗粝的、直来直去的口吻，就是这种很容易当真，而且直言不讳、毫不掩饰的独特语调。我克制着这份激动的心情，眺望着雷的船厂旧址。就是这座船厂修复了青啪咔，也是这座船厂催促我尽快取走已经修复完毕的青舟。我没能认识那里的人们。虽然我连一个工人也没有见过，但因为青舟是我在浦粕生活的中心，所以我对那里有一种难以言表的亲近感。

"石灰工厂易主了，雷的船厂倒闭了。"

我心中默念。不过在这之前，对了，我有些匆忙了，刚离开千本的时候，我还看见了西餐馆根户川亭。根户川亭也倒闭了，无人居住的建筑，大门紧闭，到处都是泥点子，招牌之类的都已经不复存在，只剩下肮脏的玻璃窗和墙板上斑驳的蓝油漆，还残留着些许往日的辉煌。

"啊，根户川亭也倒闭了呢。"

小长随口说道。还有竹笼屋的小玉报告的"小露十二岁就——"里面的这个姑娘，她家的绵屋也倒闭了，早已人去楼空。

"海边的弁天神社还在吗?"

"在呢，去弁天看看吧。"

我们沿着土堤继续向下游走去。小长走在前面，一边说着话，一边迈着轻快的步伐。他个子不高，身材精瘦而结实，走起路来不大的臀部一颠一颤。他走路的姿势让我清清楚楚地想起了少年时代的小长。那时候的他就是这样，小屁股一颠一颤地轻巧地走着。走姿和语尾"啊"的语调，一同一点点地在我面前还原着少年小长的模样。

"你哥哥小铁怎么样了?"我问道，"小铁和仓哥儿，找钓鱼的好场子那时候可是浦粕第一啊。"

"唔，两个人能耐都不小呢。"小长说道，"叫仓哥儿的船老大有三个呢，慢仓，咋呼仓，还有一个啪啪仓啊。"

"我认识的那个是比较温和，不爱说话，脸颊总是红扑扑的仓哥儿。"

"那是慢仓呀。"小长不禁笑了起来，"既温和又稳重，不过做事情比较慢，所以叫他慢仓;咋呼仓是因为他总是咋咋呼呼吵吵嚷嚷;那个一到晚上就催他老婆睡觉睡觉的是啪啪仓。"

"小铁也离开家了。"我们还在笑，小长又继续说道，"在堀南开了一家天妇罗店，生意很不错呢。"

不一会儿我们从左侧走下土堤。这一带也都盖起了房子，当中甚至还能看到洋房风格、十分雅致的公寓。沿着污浊的下水道向前走，有一条小水沟，小长说："这就是一叉河。"

"啊，这是一叉河吗，就这？"

"已经变成这么一条脏兮兮的水沟了。"小长说道，"都是因为开荒、种地、打农药，现在一条鲫鱼都没有了。"

这是那条在广袤的荒地中央，水流丰沛、清澈见底的一叉河吗？当年向水中张望，能够看到静静地随波摇曳的水草，通体透明、被称作平田的河虾，雅罗鱼、金鲫鱼都在水中往来翕忽。我钓鲫鱼时系泊青舟的那片川柳林现在何处？如今河面下降，河道里淤积着污浊黏稠、散发着阵阵臭味的灰色河水。我心想，日本人这是要亲手毁坏、污染、消灭自己的国土啊。据说修善寺也因为原本清澈的河流被排放了农药，结果萤火虫消失了，河里的鱼的数量也不及往日。一门心思生产大米，不惜如此滥用农药，可结果又将如何？诚然，产量创下历史新高，可以敞开肚皮吃大米了，但另一方面他们却不知道河水已经被污染，自然景观也在逐渐化为乌有。而我现在居住的城市，四处砍伐树木，移平山丘，把曾经规划为法定风景区的海岸填埋为工业用地。所到之处丘陵都被铲平，裸露着红色的土层和岩石，仿佛是人被剥了皮。东京的三十间堀川相当于是我的第二故乡，但官差老爷们毫不留情地就把它给填了，只为了微不足道的税收，这点税收都不够一个小贪污犯塞牙缝的。整座城市污秽四溢，连像样的下水设施都没有，任由河流散发恶臭，水渠从头填埋到尾，铲平丘陵，每一棵树都在劫难逃，大型公交车和卡车在狭窄颠簸的道路上横冲直撞，空地上乱七八糟、毫无规划地盖起了成片的公寓房，口口声声说是"公正选举"，却让几十亿日元打了水漂……算了，我生气其实并不是因为这些，日本人从古至今就是这样一个民族，军事另当别论，其他一切活动永远都是随心所欲，砍伐树木、削平山丘、填埋河流、荒废土地，永远都是干着干着便戛然而止。之前，全学联的学生来访，聊起革命论的时候，我说："即使革命成功，也不会有财富交到你们的手上，日本也有一些可以算得上是资本家的家伙，但他们手里只有金融经济的纸币和证券，而你们真正能抢到手的，就只剩下就业问题棘手的巨量过剩人口，难以处理的堆积如山的垃圾，满目疮痍的国土，以及其他各种各样的重担。"算了算了，实际上我并不是为了这些事而烦恼，只是，目睹了一叉河的惨状，不由得悲从中来，才有了上面这些无谓的感慨，一想到要把如此面目全非的国土交给未来的年青一代，我就羞愧得抬不起头。

走过一叉河不久，就看见了海边的弁天神社。书中曾写道"摇摇欲坠地长着五六棵一脸世故的松树"，如今数量更多，松树也长大不少，形成了一片茂密的松林。小长抄了近道，走上莲田当中狭窄的小道。从这一带开始风光为之一变，完全看不到人家，只有一望无际的荒地和收割之后的稻田，到处都是晾晒海苔的小屋。这景致不愧为百万坪，我那年轻的朋友感叹道，炫耀着自己目测的才能，这何止是百万坪，"千万坪都不止啊"。

"那就是海苔晒场。"我笑着问小长，"当初经常用来幽会，如今还有没有那种事了？"

"有啊。"小长也笑了，"现在还有，地方选在这儿，不用担心被别人打扰啊。"

据说前一天下了一场大雨，稻田和莲田因此积满了水，田间小道的路基松动，脚下很不稳当。方才快步走在前面的小长忽然返身回来说道："路上有积水，俺背您过去吧。"过去一看，果然宽约两米五的路面积了水。

"你要背我呀，"我后退一步，"还是算了吧，我太重了，算了吧。"

小长身材瘦削，看上去最多一百斤，我虽然开春以来瘦了一点，但应该还有一百二十斤。而且我完全没有印象什么时候被人背过了，所以根本没有让人背我的打算。

"壮实着呢。"小长径自转过身背对着我，"都习惯了，放心吧，来吧。"

我看看两个同伴，又回望来时的田间小路。想到这漫长的返程，土基松动岌岌可危的小路，也着实令人烦躁。小长背对着我蹲下身，不停催促："来吧来吧，上来吧。"

原来是这样，是习惯背人了。

把钓鱼客从船上背到陆地，对于船老大来说并不是一件稀罕事。我这么一想，便趴到了小长的背上，尽管还有些战战兢兢。刚一趴上我就意识到，小长身体重心所承载的我的重量，实在是太重了。小长迈出第一步，他的身体猛地向左一歪，低筒靴陷进泥里，发出让人后背一冷的声音。第二步跌跌撞撞地歪向右边，我的脚几乎碰到了水。

"糟糕，这孩子要摔了。"

我紧紧抓住小长的肩膀，心中暗叫，与此同时，我又觉得其实和小长一起摔倒在水里也无妨。之后一问才知道，在后面看着我们的两个同伴当时也觉得"肯定要摔倒"。当初那个人小鬼大的小长，浦粕顽童之中我唯一的拥护者小长，在三十年后的今天竟然像这样将我背在背上，那一刻，我感慨于这一段神奇的重逢，体味着内心深处萌生的感动与喜悦。

虽然我已经不抱希望，但小长还是把我安全地背了过去，之后把我的两个同伴也背了过去。有一名同伴是一名女性，是来帮我整理原稿的木村文子，已经结婚一年半了，不知道被自己丈夫之外的男人背在身上她会做何感想？我操着这些没有用的闲心，头也不回地向前走去。我们走进弁天神社。小长供上香火钱，摇铃拍手。这就是在浅草的电影院因为猛兽电影而激动万分，怒骂"狮子还有大象还有洋人都是笨蛋"，顺带连吃的炸猪排和咖喱饭都要贬损一番的小长。我不想破坏他的心情，于是也走进神殿，投了香火钱，轻轻地拽了拽铃铛的拉绳，略去了叩拜环节，便离去了。没有注意两位同伴都做了什么。

走上大路，已是暮色渐浓。这条路就是我第二次遇见"芳老头"的路，也是可以用来纪念他第一次向我兜售青舟的地方。

"那位阿姨，"我边走边问小长，"就是你的妈妈，是小长你和小静他们的生身母亲吧？"

在小长上面，还有铁哥儿、久哥儿两个哥哥和两个姐姐。小长下面还有一个小一岁的妹妹，名叫小静，还有一个小五岁的总是哭个不停的弟弟，据说他们三个都是他父亲续弦的妻子所生。不过对于我的问题，小长一口否定了。

"母亲是所有人的继母。"他说道，"她是在俺们都出生之后才来的，所以俺家才一直这么和睦。"

听罢我没有说话。

长子铁哥儿和专属船老大仓哥儿（慢仓）一样，都是浦粔大名鼎鼎的能人。既然如此，他为什么要离开千本去开天妇罗店？还有二哥久哥儿当年还是一个六年级的小学生，他也离开了家，如今在千本隔壁经营着一家名叫"久千本"的小钓船民宿。简单来说，长子次子都离开了家，而小长继承了千本的家业，据我推测，这足以证明现在的母亲就是长太郎和弟弟妹妹的生母，而小长斩钉截铁地认为"母亲是所有人的继母"，"因此俺家才一直这么和睦"，坚信血脉纯正，对此我禁不住暗暗叹息。

之后我们返回堀南，来到了铁哥儿的"天妇罗店"。虽然是天妇罗店，但是只做外卖，不能堂食。铁哥儿也不记得我了，而我也感觉像是头一次和他见面。——我拜托小长，去让出租车开到这边来，然后和同伴一起走进最多四席半大小，狭小且杂乱的房间。

我向铁哥儿要了啤酒，让他炸一些天妇罗，也是这个时候我得知他专营外卖。铁哥儿，不，已经不能这样叫他了，毕竟他已经是每天要炸六千个天妇罗和其他油炸食品的店老板了。"一天要用两罐油呢。"铁君说道。据他说只接大客户，订单大多来自公司食堂和宴会，小额订单一概回绝。我谈起还住在蒸汽河岸时候的往事，还有小长等熟识的人们。

"大蝶破产了。"铁君喝着啤酒，说道："四丁目（西餐馆）改行做了旅馆，赚大发了，唔，留君死了，秋屋船长也死了。"

"大蝶没有了。"我仿佛是在记忆中追寻着渺远的回声，"那么辉煌，那可是浦粕首屈一指的罐头工厂啊。"

其实大蝶什么的都无所谓，充其量是让我想起了几件与这座工厂有关的事情，还有曾在那里上班的人们，倒是留君的死，给了我的心沉重一击。在高品家炉旁被众人嘲笑也不生气，始终笑吟吟的留君；站在三十六号船的船头，向嘟噜船长高呼"全速前进""减速减速"的留君；还有在根户川亭被自己的女人恶语相向、呼来唤去，在客人面前胡扭乱跳的留君。这样的性格，应该不会享受幸福的生活吧。不知道弥留之际妻儿是否在他身边，即使在他身边，对他来说也未必是慰藉，也未必能够安息，想必也是像之前的那些女人一样，训斥他，使唤他，拼命鞭挞他直到他倒下。我心中絮语，反倒是没有妻儿对他来说更加幸福吧。

"听老爷您说话，让俺想起了从前。"铁君说道，"眼下也没有人这样说话了，很多店都倒闭了，很多人都不在了，浦粕已经彻底变了样。"

"小长啊，小长都四十二了。"铁君回答我说，"实岁四十一，当了七年兵呢。"

我提起大劝化，铁君回想起来也笑了。

"是的。"铁君说道，"'大劝化，大劝化，稻荷神的大劝化，蒸年糕和炸豆腐，从炸豆腐的台上掉下来，红色磕破了皮'，说一些这样的话，有人家施舍，就打着拍子说'生意兴隆'，要是有人家不给钱，就说'不给的话，稻荷神就走了哟，小气鬼'什么的。"

我点点头，想起在铁哥儿的年代，还有小长的年代，说了"不给的话——"之后就不再唱了。说话期间，店里的女孩子端来了一大盘油炸食品，估计是炸竹笋鱼，不过一来竹笋鱼已经过季，二来看上去炸了之后应该又放了很久。看我不动筷子，两位同伴也没有动筷子，铁君也没有特别明显地要劝我们下箸的意思。而且对于两位同伴而言，自己读过的"青舟"的世界能够如此生动鲜活地展现在眼前，比满足口腹之欲更让他们兴致盎然。

不久小长来了。头带换上了新毛巾，又换了一条新裤子。他说了一句"车已经到这里了"便坐下了，笨拙地拿起我倒的啤酒喝了起来。问他要不要烧酒，他回答说啤酒就行。我自己也莫名其妙，我管铁哥儿叫铁君，但叫小长的时候不知为何就省去了敬称，很自然地叫他小长，小长竟然也极为坦然地接受了。

"那个叫脑瓜子的孩子怎么样了?"

"脑瓜子?"小长冥思苦想。

"就是那个，"我说，"不是有个孩子是个小瘦子，脑门特大，还是个鼻涕虫吗? 我记得和小长是同一个年级的。"

"脑瓜子。"小长看着哥哥，想了想，含含糊糊地笑了，"啊，是吉井轮机长的孩子吧。"

"唔，是有那么个孩子。"铁君说道，"这个地方就喜欢给人起外号，什么脑袋呀，尾巴呀，还有差不离什么的。"

"后面那个也叫不赔不赚。"小长补充道,"好多年前,有个家伙在百万坪抓狸子,之后就得了个'狸子'的绰号。"

我们三个都笑了。

"那个脑袋、尾巴和差不离,"铁君说道,"传说过去这地方有个大财主,给他的三个儿子分财产,当时大儿子是脑袋,所以分到的最多,老三是尾巴,所以最少,老二在中间,所以不多不少,就说差不离。"

"不对,你说的不对。"我情不自禁地开口说道,"我听说的故事不是分财产,而是鲸鱼,不知道什么时候这片海边搁浅了一头鲸鱼,三个渔夫看见之后就把鲸鱼分成了三等份,拿了头的就是脑袋,拿了尾巴的就是尾巴,拿了中段的因为是正中间的部分,不赔不赚,所以就说'差不离',就这么成了绰号,一直叫到了现在。"

"好像鲸鱼有时候是会搁浅。"铁君沉稳地说道,"老爷的话应该没错。"

这是船宿千本家的作风,从和助时代开始就从不高高在上地对顾客说话。而其他船宿,或是教导顾客如何钓鱼,或是评头品足。而千本虽然聚集着很多本领高强的船老大,但除非顾客求教,否则绝对不会好为人师或者违背顾客的意愿。顾客是来玩的,最重要的是让他们想怎么玩就怎么玩,这便是已经去世的和助的作风。脑袋、尾巴的传说有可能他是对的,毕竟我是外地人,铁君才是本地人,但他对此却只字未提。

话题跳来跳去。当初他们的父亲和助的兄弟都过世了,他是浦粕船宿里最会做生意的人。千本门庭若市，来的都是大客户，船老大也个个都是高手，他每周给朝日报写一篇有关钓鱼的通讯稿，而且他钓鲤鱼的技术赫赫有名，总是在蒸汽河岸上钓鲤鱼，遇到空手而归的客人，就把自己钓到的鲤鱼送给他们。小长的一个姐姐是被奉为浦粕小町的美女，可惜红颜薄命，年纪轻轻就死了，小长的妹妹也死了。总是哭哭啼啼的小弟弟从京都大学毕业之后，成了农业试验所的技术官员。东边的鱼塘如今专门养殖金鱼，此外两家通船的水手们也都各谋出路，只剩下了两三个人。红火屋被明令禁止，尽数倒闭，女人们也都作鸟兽散。就这样跳跃地聊着，我得知小玉——笼屋的小玉年纪轻轻就被卖到了花街柳巷，之后人也学坏了，亲戚们不胜其扰，如今不知所踪。回想起我之前和秋山青磁等人来浦粕的时候，小玉的父母被问起小玉的情况时惊吓的表情，心中暗暗叹息，这么说来当时事情就已然如此了。

铁君和小长都还有工作。这样长谈也不合适，于是不一会儿我们便起身向铁君道别，出门后，小长随我们来到车旁。

"下次来钓鱼吧。"小长说，"俺也知道一些好地方。"

"好呀，一定，很快就会来的。"我握住小长的手，"怎么，还没有想起我吗？"

"这个嘛。"小长面带犹豫，笑了笑，"没想起来。"

"我会来钓鱼的。"我说道。

铁君店里的两个年轻人和小长，站在车边目送我们。我们坐上车，车开动了。

"太棒了，真的!"木村文子饱含深情地说，"冲之百万坪，石灰工厂，还有那些人，都好像是从《青舟物语》里走出来的一样，真是太棒了!"

　　从头至尾，我称呼小长的时候都是直呼其名，小长也极为自然地接受了。算来我离开浦粕已经整整三十年，小长也四十一岁，有五个孩子了。当我称呼现在的他小长，他回答"唔"的时候，我的心中并不存在长达三十年的时间跨度。然而，他并不记得我。尝试着提起青舟，他似乎也只有一个极其朦胧的印象，"很早以前的事情了呀"，说着便岔开了话题。因而在收束这篇物语之时，以"青舟"为题是否妥当的问题，终究是不得而知。我决定最近再去一次浦粕，而这一次，是以钓鱼客的身份。

特别鸣谢

版权：日本浦安市乡土博物馆

地址：千叶县浦安市猫实 1 - 2 - 7

邮编：279 - 0004

联系人：袖山

电话号码：047 - 305 - 4300

图书在版编目（CIP）数据

青舟物语 /（日）山本周五郎著；姚奕崴译. -- 苏州：古吴轩出版社，2020. 10
ISBN 978-7-5546-1619-2

Ⅰ.①青… Ⅱ.①山… ②姚… Ⅲ.①长篇小说—日本—现代 Ⅳ.①I313.45

中国版本图书馆CIP数据核字(2020)第198482号

责任编辑：韩桂丽
见习编辑：胡敏韬
责任校对：周 娇 沈 玥

书　　名：青舟物语
著　　者：[日] 山本周五郎
译　　者：姚奕崴
出版发行：古吴轩出版社
　　　　　地址：苏州市八达街118号苏州新闻大厦30F　　邮编：215123
　　　　　电话：0512-65233679　　　　　　　　　　传真：0512-65220750
出 版 人：尹剑峰
印　　刷：无锡市证券印刷有限公司
开　　本：880×1240　1/32
印　　张：8
版　　次：2020年10月第1版　第1次印刷
书　　号：ISBN 978-7-5546-1619-2
定　　价：46.00元

如有印装质量问题，请与售后联系。0512-87662766